歴史に残る悪女になるぞ 3

悪役令嬢になるほど王子の溺愛は加速するようです！

大木戸いずみ

ビーズログ文庫

イラスト／早瀬ジュン

Contents

歴史に残る悪女になるぞ 3
悪役令嬢になるほど王子の溺愛は加速するようです！

現在十五歳　ウィリアムズ家長女　アリシア　6

現在十一歳　ジル　41

現在十五歳　ウィリアムズ家長女　アリシア　52

現在十一歳　ジル　88

現在十五歳　ウィリアムズ家長女　アリシア　101

現在十一歳　ジル　146

現在十六歳　ウィリアムズ家長女　アリシア　181

現在十一歳　ジル　199

現在十六歳　ウィリアムズ家長女　アリシア　216

現在二十歳　シーカー家長男　デューク　263

あとがき　278

ウィリアムズ・アリシア
闇魔法を扱うウィリアムズ家長女。
実は転生者。綺麗事が大嫌いで
悪役になりたいと願う
ちょっとズレた少女。
シーカー・
デューク
水魔法を扱う
デュルキス国の王子。
アリシアに強い関心を
見せていたが、
突然彼女の記憶だけ
なくしてしまい……!?
歴史に残る悪女になるぞ3
悪役令嬢に
なるほど
王子の溺愛は
加速するよう
です!
登場人物紹介

キャザー・リズ
綺麗事ばかりのヒロイン。
全属性の魔法が
使える聖女。

ジル
ロアナ村出身。
アリシアのために生きる
博識な少年。

ウィル
ロアナ村の住人。
実は現国王の
腹違いの兄。

ハリスト・
ヴィクター
ラヴァール国
第二王子。
男装したアリシアを
自分の兵士に任命する。
ヘンリ
アリシアの兄。
双子のアラン
とは不仲に。

メル
デュークの従者。

シーカー・
ルーク
デュルキス国王。
デュークの父親。

現在十五歳　ウィリアムズ家長女　アリシア

頭の中で「いつか必ず俺のものにする」と言ったデューク様の声が何度も再生される。その度に動悸が激しくなり、体温が上がる気がした。

ベッドの上に仰向けになって、色々な考えを巡らせる。

一体いつの間にそんな気持ちになっていたのかしら。

デューク様が私に好意を抱いているのなら、真剣にその気持ちと向き合わないといけない。勿論、その上で私は悪女としての役割を全うするのよ！

それで彼が私についてこられないのならそれまでだわ。

今の私の行動基準はほとんどリズさん次第と言っていい。前回のラヴァール国の狼の件もある。ラヴァール国の狙いが聖女の力を持つリズさんか否かはまだはっきりと分かっていないけれど。

もっと深く調べるために情報を集めないと……。

それに、お父様公認でキャザー・リズの監視役を続行出来ることになった。成果を残したいし、頑張らないとね！

出遅れるわけにはいかないから、早めに手を打ちたい。

だから、正直なところ、ラヴァール国に行ってその真実を確かめることが出来れば一番良いのよね。あの国はまだまだ謎に包まれていることが多いもの。

実際に自分の目で見て、感じて、ラヴァール国についてもっと知りたいわ。あそこまで大国になれた理由を近くで学びたい。

けど、私は大貴族の令嬢。簡単にラヴァール国になんて行けない。こんなシナリオは乙女ゲームにもなかったから、完全に未知の世界なのよね。

私がこんなことを思っているとは誰も知らない。

それに、私がラヴァール国に行きたいなんて言っても誰も賛成しないのは目に見えている。アルバートお兄様とアランお兄様は置いておいて、お父様とヘンリお兄様は猛反対するでしょうね。ジルも許さないと思うわ。

……もしかしたら、ウィルおじいさんなら私の話を理解してくれるかもしれないけど。

そういえば、ラヴァール国に魔法はあるのかしら。……書物には魔法のことは少しも書かれていなかった。

現在の世界情勢がいまいち把握しきれていないようだわ。もっと最新情報を収集しないと。過去を勉強するより、現在、未来のために勉強した方が賢明ね。

そうと決まれば、明日に備えて筋トレよ！

明日は一日中図書室に籠もってラヴァール国について調べるのだから、体力をつけておかないとね。

気合を入れ直して、私は勢いよくベッドから飛び降りる。そして、そのまま腕立て伏せを始めた。

魔法学園の廊下は静かで、私とジルの足音だけが響いていた。私は特例により最年少でここに入ったから決まった授業というのがほとんどない。皆が授業をしている間、私だけが休み時間ということは多々ある。

「ねぇ、ジル、ラヴァール国に魔法ってあると思う？」

私の唐突な質問にジルは一瞬「？」という顔をしたものの、すぐに考え始める。少しの沈黙があった後、彼は真剣な表情で口を開いた。

「……実際にラヴァール国に行ったことがないから分からないけど、ないはずだよ」

「どうして？」

私の言葉にジルは首を傾げる。

「どうしてって、そういう国なんだよ」

「貴族でも魔法を使えない人がいるってこと？」

「多分……。確証はないけど。デュルキス国が逆に特殊なんだよ」

貴族が魔法を使えない？　じゃあ、デュルキス国、強すぎない？

ラヴァール国が大国になっているってことは誰かしら魔法を使える人物がいるんだと思ってたんだけど……。ラヴァール国の王族だけ実は使えるとか？

「ねぇ、ジル、もしデュルキス国だけが魔法を使えるのなら、もっと大国になっていてもおかしくないと思わない？　他の国が何か隠してるとか？　機密事項とかないの？」

私はジルを質問攻めにする。ジルは落ち着いた様子で口を開く。

「いつだって客観的に全体を見ろって言ったのはアリシアだよ？　デュルキス国は他の国に比べて魔法を使える人が多いんだ。他の国がおかしいんじゃなくて、この国が異常なんだ。魔法を使える人間が多すぎるんだよ」

「なるほど……じゃあ、他国では魔法を使える人間は希少な存在ってわけね」

「そういうことになるね」

……ラヴァール国を傘下に置くためには、やっぱり内情をよく知らないといけないわ。ぐだぐだ考えている時間はない。一刻も早くラヴァール国に行かないと！

私とジルが歩いていると、前から見覚えのある美形王子が歩いてきた。

遠目からでも分かるサラサラの艶のある青い髪に、美しい褐色肌。

「デューク様」

私は歩くのをやめて、背筋をスッと伸ばし、彼をじっと見据える。

あんなことを言われた後だから、どういう表情をすればいいのか分からない。でも、気を引き締めて、強い女性でいないと。

デューク様が凛々しく爽やかな表情で私の方へ近づいてくる。

彼は王子でもあり、素晴らしく耳の早い情報屋だもの。

デューク様にラヴァール国のことを聞いてみようかしら。彼ならラヴァール国のことも知ってておかしくないもの。

あら……？　デューク様は私の方へ近づいてきているはずなのに、どこか別人みたい。

……考えすぎかしら。

「あの、お話が」

そこまで言った瞬間、デューク様は私の隣を黙って通り過ぎた。

……少しも目が合わなかったわ。

「え」

ジルがデューク様の行動に声を漏らし、私は驚きのあまり頭が真っ白になる。

今、私、デューク様に無視された……？

「デューク様？」

私は振り向いて、デューク様の背中に向かって声を掛けた。デューク様の足がそっと止

まる。

なんだか様子がおかしいわ。今まで一度もこんなことはなかったのに。

妙な緊張感が漂う。デューク様が私の方をゆっくりと振り向いた。そこにいつも私に向けてくれる優しい瞳はない。

……誰？　と思わず言ってしまいそうになった。

「何の用だ？」

そう言ったデューク様の表情は酷く冷たく、私の背筋が一瞬で凍る。

デューク様にこんな表情を向けられるなんて生まれて初めてだわ。敵意に満ち溢れている。前会った時と今とでなんて温度差なの……。

「「……」」

私もジルも何も言うことが出来なかった。彼の圧力に呑まれる。

「俺に何か用か？」

デューク様はもう一度低い声でそう言った。デューク様の圧に言葉が出てこない。

悪女なら絶対に何か言い返すはずなのに、本気モードで私を睨んできているデューク様を目の前にすると、今すぐ逃げ出したくなってしまった。

「何をしているんだ？」

その声を聞いた瞬間、私の心の中に安堵が生まれた。

……やっぱり兄弟の力って凄いわね。

「ヘンリか。この女がいきなり俺に話しかけてきたんだ」

「は？」

デューク様の言葉にヘンリお兄様は顔をしかめた。

ヘンリお兄様も私達と同じ反応をしてくれて、良かったわ。

「デューク、アリシアと僕のこと、忘れたの？」

ジルは目を見開きながら、デューク様に尋ねる。

「お前はジルだろ」

デューク様が怪訝な表情を浮かべて言う。

その表情をそっくりそのまま返したいわ。どうしてジルのことは分かっていて、私のことは分からないのよ。

……どうして私のことだけ忘れたような状態になっているのかしら？　あまりにも突然すぎるわ。

先日はあんなにも甘くて優しい目で私を見てくれていたのに……。

「誰かがデュークの頭からアリシアの記憶だけを消したとか」

「それよりアリシア、意図的に消されたのならこのままデュークの記憶は戻らないかもしれないよ」

ヘンリお兄様とジルの言葉に、らしくもなく動揺してしまう。このまま一生戻らなかったら、どうなるのかしら……。

デューク様からの私への好意はなかったことになるの？

胸にある彼からもらったダイヤモンドのペンダントが急に冷たく感じられた。

「用がないなら、もう行ってもいいか？」

デューク様が面倒くさそうな表情を浮かべながらそう言った。

たしか、これに似た場面を前世で見た覚えがあるわ……。アリシアに向けて、よくこの表情を浮かべていたのよ。

つまり、デューク様の記憶が消え、元のシナリオ通りに進み始めたってこと？

このままいけば、無事にリズさんとデューク様が結ばれるってことかしら。だって、私は悪役令嬢だもの。そうだ、これを機に、新たに悪女の印象を作り直せばいいんじゃない？

デューク様が本当に記憶喪失なら、利用しないわけにはいかないわ！

「デューク様、改めて自己紹介させていただきますわ。ウィリアムズ家長女のアリシアと申します」

私はそう言って、スカートの端を軽くつまみ、四十五度の角度でお辞儀をした。

「……アリシア」

デューク様は私をじっと見ながら、そう呟いた。

「お前は俺とどういう関係なんだ？」

「……さぁ、分かりませんわ」

私は挑むように含みのある笑みを浮かべた。

どう？　悪女っぽいでしょ。

「アリシアと言ったな」

「はい」

「目を、怪我しているのか？」

デューク様は私の眼帯を怪訝そうに見る。

……またこの説明をしないといけないのかしら。

「怪我というより、目がないのですわ」

私は口角を高く上げ、声の調子を低くする。

窓から差し込む光でデューク様の瞳が輝いているのに、何故か、いつもより少し瞳の色が深い。

どこか光を失ったような目だわ。顔は一緒なのにいつものデューク様とはやっぱり違う。

「何が、あったんだ？」

「……罪滅ぼしの代償、とでも言っておきますわ」

「「え」」

ヘンリお兄様とジルの声が重なった。驚いた表情で私を見ている。

記憶のないデューク様に私が悪女だってことを認識させないといけないもの。こんなチャンス、滅多に来ないわ。

「罪滅ぼし？」

眉間にたくさんの皺を寄せながらデューク様はそう聞いた。

「ええ、私を恨む者は多いので。……何か問題でも？」

私は微笑み、明るい口調で首を傾げながら言った。これぞ悪女だわ！

だけど、どうやら私の言葉が気に障ったみたい……。

「俺はもう行く」

そう言って、デューク様は私達に背を向けて去って行った。

……うまく悪女の印象を与えられたかしら。

私はそんなことを思いながらデューク様の背中を見送る。

「その目は……本当はじっちゃんへの奉仕でしょ。罪滅ぼしの代償なんて全然違うのに……」

「あら、歴史に残る悪女は、至る所で恨みつらみを買っているものよ。デューク様が何も覚えていないのならば、すごく悪女らしい設定じゃない？」

「はぁ。アリシアってばほんと、そういうところだよね。それにしても一体、誰の仕業なんだろう」

「犯人を捜さないとな」

ジルの後に続けてヘンリお兄様が呟く。

「私レベルになると、たくさんの候補が上がるはずよ」

ただ、犯人を捜し出すにしても全く見当がつかない。

「……私に対する挑戦状かしら」

「ねぇ、どうしてそんなににやけているの？」

「嬉しいからに決まっているでしょ。悪女はね、喧嘩を売られて一人前よ」

「相変わらず変な方向にズレてるけど……、アリシアが良いならそれでいいか」

ジルは顔をしかめながら、私の説得を諦めたようだ。ヘンリお兄様もジルと同じく渋いものを食べたような表情をしている。

「とりあえず、僕達の味方を集めて話し合おう」

「結構よ。これは私の問題だわ」

「たまには、妥協も必要だよ。特に今回の件は面倒くさそうだ」

ジルは真剣な表情で言った。ヘンリお兄様も頷く。

「……分かったわ」

私は少々不服ながらも、承知した。

「アリアリ〜！　あれ、みんな変な顔してどうしたの？」

いつも神出鬼没なデューク様の従者のメルが現れた。メルは私のことをちゃんと覚えているみたい。

私達は、記憶喪失の件を話す。彼女は少し難しい表情をした後、「明日詳しいことを話すね」と言って去って行った。

メルは何かを知っている様子ね……。

私達はそこからほとんど会話もせずに家に帰った。それぞれが個々に考え、色々な思いがあったからだろう。

それにしても、どうして私のことだけ消されたのかしら。王子が記憶を消されるなんて一大事よ。そんなことをして一番メリットのある人間は……私？

確かにデューク様の記憶がなくなれば私の印象は変えられるわけだけど、かといってわざわざそんなことはしないわ。せっかく、デューク様と向き合おうと思えたのに……。

って、違うわ！　シナリオ通りに進むなんて私の願い通りじゃない！

今日はもう深く考えずに寝てしまいましょう。ああ、でも気になって眠れない……。

なんだかんだといつの間にか、寝てしまっていたみたい。窓の外を眺めると、朝になっている。

まだ、昨日のことで悶々としていると、コンコンッと扉をノックする音が響いた。

「アリシア、もう起きているか？」

お父様？　こんな朝早くからどうしたのかしら。

「起きていますわ」

そう言ったのと同時に私は扉を開けた。

「少し話がある」

お父様の顔色が良くないわ。いつになく真剣な表情……。

「デューク様の件ですか？」

「やっぱり、アリシアはもう知っていたのか」

「ええ、まぁ。学園でお会いしたので」

……王子が記憶喪失なのはかなり問題だけど、お父様がこんなにも疲れているのは絶対に他の理由があるはずだわ。例えば、家族に何かが起きたとか……。

「殿下の記憶を喪失させた容疑者に、お前の名前が上がったのだ」

低く重い声でお父様はそう言った。

……私⁉　てっきりデューク様と仲の良いヘンリお兄様が巻き込まれたのかと思ったわ。

「えっと、どうして私が？」

「私にも分からない……。今、外で陛下の衛兵が待っている」

「牢に入れられるのですか？」

私の質問にお父様は黙り込む。

愛娘に、お前は今から牢に入れられる、なんて言えないわよね。

「……逃げるか？」

予想外の提案に私は驚いた。お父様がそんなことを言い出すなんて。

確かにいつも私を助けてくれているけど、今回は話が別だもの。もし私が逃げれば、一家全員に迷惑がかかるわ。

それに、悪女が一番してはならないのが逃げることよ。正々堂々と戦ってやるわ。……相手はまだ誰か分からないけれど。

「いえ、行きますわ」

「何をされるか分からないんだぞ。犯罪者として扱われる」

「分かっておりますわ。ですが、何もしていないのに逃げるなんてそんな恥ずかしい真似は出来ないでしょう？」

私が微笑んでそう言うと、お父様は諦めたように肩を落とした。

「必ずお前の無実を証明する」

……あら、なんて格好良い台詞なのかしら。お母様がお父様に惚れた理由がよく分かるわ。

「では、行ってまいります」

「アリシア！」

玄関へ向かおうとした私を、お父様が呼び止める。

「一つ、言い忘れていたことがあった」

「なんですか？」

私は軽く首を傾げてお父様を見た。さっきよりも切羽詰まった表情だ。

「言おうか迷ったのだが」

「なんです？　……もう、早く教えてください」

「いやその……、アリシアが容疑者ではないかと言い出したのは殿下だそうだ。お前の魔法レベルは90を超えているのだから、記憶を消すことも可能ではないのかと」

「はい？」

殿下ってことは……デューク様？　というか、デューク様は自分が記憶喪失って分かっているの？

「殿下が忘れているのはアリシアのことだけだ。だから一番疑わしいと思ったのだろう」

ようやく今の状況が摑めてきたわ。

デューク様は学園での会話で私に嫌悪感を覚えた。しかも、私の記憶だけがない。

……私が何かやましいことをしたから記憶の改ざんをしたと思われたってところかしら。

「そういうことね……」

「時間です」

衛兵が私達の会話に割り込んできた。

あら、容疑者に敬語を使ってくれるなんて。仮にも五大貴族で良かったわ。というか流石国王様の衛兵ね。マナーが良いわ。

「行きますわ」

「……ああ」

お父様が心配そうな表情で私を見つめる。

まるでもう二度と会えないみたいじゃない。もっと笑顔で見送ってほしいわ。実際、私はデューク様の記憶を消していないもの。

絶対に冤罪を晴らしてみせるわ。

「心配しないでください。私、結構強いので」

「ああ、よく知っている」

そう言ってお父様は苦笑した。

私は衛兵に連れられ、檻のついた馬車に乗せられた。

……囚人みたいだわ。手を縄で縛らなくても大丈夫なのかしら。

「あの、アリシア様」

私が檻の中に入ったのと同時に、衛兵に声を掛けられた。

「私共は、アリシア様が犯人ではないと確信しております。このような無礼をどうかお許しください」

檻の周りにいる衛兵達が一斉に頷く。

あら、どうして城の衛兵が私の味方をしてくれるのかしら。

「我々はどんな状態であってもアリシア様の味方であります！」

私がきょとんとしていると、ある衛兵が教えてくれた。

「前にとあるお方に言われたんですよ、何があってもアリシア様の味方でいてくれと」

私は驚きのあまり言葉を失った。

とあるお方って一体誰なのかしら。しかも衛兵を従わせられるだけの人物……。

でも、囚人のように城に連れて行かれるだなんて、まさに悪女！

衛兵達が私のことを罵ってくれたら、私は晴れて国民が認める悪女といえる。

だからとあるお方、私は大丈夫よ。

燦々と輝く太陽が私に照りつける。じわじわと額から汗が出る。罪を犯したわけではない私としては、たとえ檻の中でも令嬢としての矜持を崩すつもりはない。

……かつてこんなに堂々と、檻の中に入れられてお城まで運ばれた令嬢はいるのかしら。もしかして、私が初めて⁉　ああ、最高の気分だわ。この暑さと喉の渇きを忘れてしまえるぐらいに光栄なことだわ。

あれ、でも待って。どうして私は悪女に憧れていたんだっけ……？

そんな疑問がふと脳裏をよぎった。

私は世間に罵られるだけの悪女になりたかったのかしら？

ああ、暑さでなんだか頭がうまく回らない。

「ねぇ、どうしてお姫様はあの中に入っているの？」

「あの方はお姫様じゃなくてご令嬢。あの中に入っている理由は……」

王城へ向かう道すがら、通った町で親子の会話がふと耳に入ってきた。小さな女の子の疑問に母親が言葉を濁している。

「凄い美人が檻の中にいるぞ」

「あ、あの方ってウィリアムズ家のアリシア様？」

「一体何をやらかしたんだ？」

「噂に聞いたのだけど、アリシア様って学園で物凄く素行が悪いらしいわよ」

「あ、それ、私も聞いたわ。なんかリズちゃんを虐めているらしいって」

そうか、リズさんはこの町で育ったのよね。そりゃ皆はリズさんの味方よね。逆に私を庇う義理なんてないもの。

「私もあの檻の中に入りたいな」

騒がしい中でも、はっきりくっきりと私の耳に幼い女の子の声が聞こえた。

「何故？」と私は声が聞こえた方向を見つめる。

「こらっ、何を言っているの？　もう帰るわよ」

少女の言葉に慌てた母親は、娘の腕を引っ張って連れて行こうとしている。それでも女の子は目をキラキラと輝かせながら私を見つめていた。

「だって、とってもミリョクテキだもん」

女の子は元気よく母親に向かって声を上げていた。

……ミリョクテキ？

私のことを魅力的って言ったのよね？　つまり、檻の中にいてもなお人を魅了しているってことかしら⁉　私、ついにそのレベルの悪女にまで辿り着いたのね。素晴らしい達成感だわ。

罵られることなんて、怖くない！

「町の人達の声で気を悪くしないでください」

衛兵が誰にも聞こえないような声で小さく私の方を向いて囁いた。

気を悪く？　むしろ逆よ。一向に構わないわ。

「何の問題もないわ。自分の意見を堂々と言えるのは素敵なことよ」

私は背筋を伸ばした。一瞬でも気弱になったなんて、きっと暑さのせいね。

「弱った姿を見たことのない悪女」って感じで世間に認知されたいもの。

私はお城に辿り着くまでどんなに喉が渇いていても、どんなに暑くても、姿勢と表情は一切崩さなかった。

「相変わらず無駄に広いわね」

連行されている最中の私が城に着いた時の第一声に、城内の案内役となった衛兵が眉をひそめた。けなされたと思ったのだろう。確かに、王城をけなすなんて大問題だ。でも、今の私は罪人！　正確には容疑者だけど……。

だから、割と何を言っても許されるのではないかと思っている。まぁ、そんなことはひとまず置いておいて、私、これから一体どうなるのかしら。裁判？

この国に裁判制度なんて、……あったわね。バッドエンドでアリシアは裁判にかけられて有罪にさせられるんだったわ。リズさん――聖女を虐めた罪だったかしら……。

何かとにかく大変なことをしたのよ、忘れてしまったけれど。

……もしかしてこれって、ゲームのシナリオでいう私の裁判が予定より早くなったってこと？

「ウィリアムズ・アリシア容疑者、こちらです」

眉間に皺を寄せて、お堅そうな男性が私に向かって言った。

……確かに今の状況で様付けされる方がおかしい。護送中の衛兵は私のことをアリシア様って呼んでくれたけれど、それを公の場で言うわけにはいかないものね。

それにしても「容疑者」って響き、なんて素晴らしいのかしら。まさに悪女だわ。

「お入りください」

お堅い彼は大きな扉を力強く開けた。

……ここは初めて来る場所だわ。大きくて厳格な造りの扉ね。彫られている模様は……

なかなかセンスのいい扉だわ。是非この扉をデザインした人にお会いしてみたいものね。鷹かしら？

「あら？」

中に入ると、驚きのあまりつい声が出てしまった。

部屋の中には、貴族と呼ぶには似つかわしくない衣装を身にまとった人達が数十人いた。デューク様は奥の方で私をギロリと睨んでいる。

デューク様に睨まれるなんてすっごく新鮮。顔がいいと怒った顔も素敵なのね。

陛下や五大貴族の姿は見当たらない。

これから始まる裁判的な何かはデューク様の独断で開かれるってことかしら？

それとも、デューク様の決断に陛下が同意したってこと？

「俺はまだお前を犯人と決めつけたわけではない」

「え？」

「お前の意見が聞きたい」

「この方達は？」

「町の者達だ」

「なぜ市井の者達が……」と疑問を口にしようとしたら、デューク様に視線で制された。

……私は何も話すなって？　分かったわよ。私からは何も言わないわ。

「今からお前にいくつか質問する」

質問？　尋問じゃなくて？

「俺からじゃなくて、彼らからしてもらおう」

デューク様は低い声でそう言った。

町の人達から私に質問？

一体何を訊かれるの……。

心臓の鼓動が少し速くなるのを感じた。貴族の人達の前で話すよりも町の人達の前で話す方が緊張するわね。

「かしこまりました。なんでも正直に答えますわ」

私はデューク様と町の人達の方を、目を逸らさずに見ながら言った。

「優しいリズが、貴女に虐められていると聞きました」

私の母親と同じ歳か、それよりも上ぐらいの女性が最初に言葉を発した。

なんて弱々しい声なの。私に対して怯えている。

学園でのリズさんと私の噂を聞いたからかしら。ならば、私は真実を正直に答えるだけ。

「虐めの定義がよく分かりませんが、私は彼女に下劣なことをした覚えはありません」

「嘘つくんじゃないよ！　こっちは魔法学園の生徒さんが、リズと一緒に町に遊びに来てくださった時に色々と話を聞いているのよ！」

突然、ふくよかな女性が部屋全体に響き渡るように声を上げた。

「虐めた方は覚えていなくても、虐められた方は覚えているんだ！」

「そうだ！　被害者の気持ちを考えたことがあるのか！」

次々と声が上がっていく。これを私は便乗型野次と名付けよう。

私、町の人にこんなにも嫌われていたのね。

……これはもう悪女って名乗ってもいいんじゃないかしら⁉

ダメダメ、すぐに調子に乗ってしまう。私が目指しているのは世の中で一番の悪女よ。

この国だけじゃないの。こっちは世界を相手に戦っているのよ。

「殿下に失礼な態度をとっているのもあんただろ！」

「王子様は寛容だからって調子に乗っているんじゃないよ！」

デューク様は自分の記憶がないことは彼らに口外していないようだ。そりゃそうか、王子の記憶喪失なんてトップシークレットよね。

「何にも知らない小娘が！」

「親のおかげでいつまでも甘い汁が吸えると思うな」

「あんたみたいな人間がいるからこの世はいつまでたっても良くならないんだ！」

どんどん彼らの口が悪くなっていく。関わったことのない、ほぼ初対面の人間にそんなこと言われてもね……。

貴方達が一体私の何を見てきたというのよ。

「甘やかされて育った世間知らずのお嬢さん、いつか痛い目に遭うよ」

「あんたなんぞ顔だけの人間だ」

罵倒は構わないけれど、もう少し品を持って話してほしいわ。

私はデューク様の方を一瞥した。彼は私を真顔で見つめている。

なんの感情もない表情。ポーカーフェイス？　あれが普段のデューク様ってこと？

私の前では表情をコロコロと変えていたのにね。なんだか胸がざわざわする。

「反論しないのか？」

デューク様の声に私はハッと我に返った。

町の人達は今にも殴りかかってきそうな勢いで私に罵声を浴びせている。

ここまで恨みを持たれていたとは知らなかったとはいえ、いくら何でもちょっと急というか……。デューク様の記憶を消した人物と何か関係があったりするのかしら。

「地獄に落ちろ！　あんたなんかこの国にいらない！」

「リズに謝罪しろ！」

「これ以上彼女を傷つけたら俺達が許さない」

この人達も、リズさんの信者なのかしら。私は別に愛国心なんてないし、国外追放されてもいい。……というか、されたいのよ、国外追放。

そうか、逆にこの状況を利用すればいいんじゃないの、私！

「だってリズさん、頭がお花畑なんですもの」

私の一言が一瞬にしてその場を凍りつかせた。

リズさんには現実を見て、論理的に問題を解決する能力がない。だから私が悪役となってその考えに楔を打ち込んでいる。

「あんたにリズの優しさが分かるわけない」

ポツリと誰かが言った。背筋に悪寒が走るほど憎しみのこもった声だった。

「貴族だからって何言ってもいいってわけじゃねえだろ」

「泥でも被って反省しろよ」

「馬の糞の方が良いんじゃねえのか」

「親のしつけが悪いんだろ」

「リズは、ウィリアムズ家のご子息のことはとても良い人達だって言っていたわ」

ご子息はね……。

ということは、リズさんは私のことを外では悪い人って言っているのかもしれないわね。直接的にそう言っているわけではなくとも、お兄様達を引き合いに出すだけで、周囲が勝手に何かあったのではないかと誤解してくれる。常に私にも聖女の微笑を見せてくれていたけれど、実際はそうではなかったということかしらね。

「じゃあ、やっぱりこいつが悪者なんじゃないか！」

「この国から出ていけ！」

彼らの野次が飛び交う中、突然バンッと思い切り扉の開く音がした。

小さな少年が私達の方を睨みながら立っている。

「ジル……」

どうやってここまで来たのかしら。まぁ、彼は賢いからここに辿り着くことぐらい簡単なんだろうけど。

「たった一人に寄ってたかって、胸糞悪い」

静寂に包まれた中で彼の声だけが響く。

ちょっとジル、そんな汚い言葉、教えた覚えはないわよ。

「ねぇデューク、一体これはどういうこと？」

ジルはデュークを凍てつくような目で睨みつけながら私の方へ歩いてくる。凄まじい殺気だ。私の背筋まで凍るようだ。

ジルは私の隣に来て、じっと私の顔を見る。ジルに初めて見据えられたかもしれない。

彼はいつも心配した目を向けることが多いのに、今回は違う。

「ねぇ、アリシア。……アリシアはもっと僕を利用して良いんだよ」

ジルは私から目を離さず真剣だ。

私は思わず笑ってしまった。笑うっていっても口の端を上げただけだけど。品のある悪女はガハガハと口を開けて笑わない。

「まさかジルにこんなことを言わせてしまうなんてね」

私は彼の頭を軽く撫でた。

「来てくれて有難う。助かったわ、ジル」

「僕、まだ何にもしてないんだけど」

「そう？　するべきことを私に再認識させたのに？」

心配しないで、こんな状況くらい簡単に抜け出してみせるから、と目で訴える。とはいえ、ここは私に勝算があるようにうまくやらないと。

「……せこいよね、アリシアは」

ジルはそう言ってフッと笑った。

「デューク様、これをお返しします」

私はかけていたペンダントを外し、デューク様に投げつけた。デューク様はしっかりと片手で受け止め、じっとそのペンダントを見つめる。

「今すぐ私を、国外追放してください」

　私は宣戦布告とばかりにそう告げた。

「いつかデューク様の記憶が戻り、私の冤罪が無事に晴れたその時は……、貴方の謝罪を受け入れてあげてもよろしいですわ」

　口角を上げて言いきった私を、デューク様は静かに見つめている。

　あまりの無礼な態度に町の人達が大声で罵り始めた。

　礼儀を知らない女、この国の者じゃない、消え去れ、頭を地面につけて詫びろ。

　……まぁ、一度言い始めたら爆発してたくさん罵倒したくなる気持ちも分かるけど。流石に筋が通っていない。

「私にそんなことを言えるくらい貴方達はご立派なの？」

　そう言って、彼らを嘲笑した。

　火に油を注ぐ行動だと分かっている。だけどそれも計算のうち。国外追放される令嬢がとんでもない悪女だったということを世間に知ってもらうためにね。

　この世界の人間を馬鹿ばかりにしたゲームの運営に感謝ね。私の悪女っぷりはきっと倍になって広まる。

「……本当に国外追放されてもいいのか？　お前はまだ十五歳の子どもだ」

「子どもでも裁きを受ける時は受けます」

　にこやかに笑う私をデューク様は静かに睨んだ。ジルは黙って私達の様子を見ている。

彼は空気を読むことが人一倍出来る。国外追放なんて絶対反対って表情を浮かべたが、今ここで私に反論すればどうなるのか分かっているから。

「お前の望む通りにしてやろう」

記憶がなくなるって恐ろしい。事態がとんとん拍子に進んでいく。私はデューク様を見ながらそう思った。

本当に一体誰が彼の記憶を消したのかしら。……しかも、私に関する記憶だけ。

「ウィリアムズ・アリシア、ラヴァール国に追放だ。衛兵、連れていけ」

その瞬間、大勢の衛兵が部屋の中に入ってきた。

わぁ、こんなに外にいたの⁉

もしかして私が暴走した時のために呼んだのかしら。悪役のお縄頂戴シーンってやつよね。まさかこんな体験が出来るなんて夢みたい！

最後まで凛々しく背筋を伸ばしておくのよ、アリシア。決して怯むことのなかった女だと認識されたいもの。

衛兵は私の腕を力強く掴み、連行しようとした瞬間、ジルが声を上げた。

「待って、アリシア、行かないで！　僕を一人にしないで」

あら、まさかここで声を上げるとは……。

ジルは物分かりが良いけれど、その分自分の中で色々とため込んでいる。私が思っているよりもずっと子どもだったのだ。

「僕も一緒に連れて行って」

必死に懇願する彼を私は無視した。

ジルも一緒に国外追放になんて出来ない。彼の未来は明るく輝いているもの。巻き込むわけにはいかない。お父様やヘンリお兄様がジルの面倒をみてくれるわ。

「デューク、いいの？　後悔しても知らないよ」

ジルはデューク様を睨みながらそう言った。デューク様は何も言わない。そして、相変わらず民衆達の声はうるさい。

「お願いアリシア。僕を置いて行かないで」

……まるで迷子になった子どもみたい。ジル、貴方でもそんな表情をするのね。

久しぶりに彼の子どもらしい面を見た気がする。最近、生意気になってきていたから私に対してこんな風に言ってくれるのは嬉しいわね。

そんな顔をされたら、さすがの悪女も胸に迫るものがある。

私は衛兵に腕を軽く引っ張られながら歩く。絶対に寂しいなんて表情を顔に出してはいけない。悪女としてのプライドよ。

勿論、私もジルやウィルおじいさんや皆と離れるのは寂しい。けど、見てみたいと思ってしまったのよ、外の世界を。

何も知らないまま死ぬなんてごめんだわ。

これ以上私に近づかないよう衛兵がジルを捕まえる。ジルの悲痛な声が部屋中に響いた。泣き叫ぶ声が耳に容赦なく入ってくる。

……ああ、もう。変な未練は残していきたくない。

私は衛兵の腕を振り払い、ジルに近づいた。

衛兵は私の腕を思い切り摑んで引っ張り上げる。

「大人しくしろ」

大人しくはしているはず。別に暴れていないもの。ただジルに最後の別れを言おうと思っていただけ。っていうのは屁理屈かしら。

それにしてもレディーに対して失礼な態度ね。

「いい。手を離してやれ」

デューク様が衛兵を止めてくれる。こういうところ、やっぱりデューク様は優しい。

私は有難くジルに近づいた。ジルの目からは大粒の涙が大量に流れていた。

「ジルが泣くなんて珍しいね」

「誰のせいだと思っているんだよ」

私の笑顔にジルは声を微かに震わせる。

「ジルは私の誇りよ」

私はそう言って、手首に着けていたブレスレットを彼の手のひらの中に入れた。

「これ」

ジルはじっとブレスレットを見つめた。

「僕が前に欲(ほ)しいって言ったブレスレット……」

私は何も言わずにその場から離れ、衛兵の所へ戻った。衛兵は相変わらず乱暴に私の腕を摑む。だから、もう少し淑女(しゅくじょ)に対する態度を改めるべきね！

部屋から出ていこうとしたその瞬間だった、誰かが私の首元を優しく摑んだ。全く苦しくない程度に。

「必ず迎(むか)えに行く」

耳元で彼がそう言った。誰にも聞こえないほど小さな声で。

……え？　嘘でしょ。

記憶が戻った？

デューク様を見る。彼は私を見て、いつも通りの少し意地悪な笑みを浮かべた。

……最初から記憶など消えていなかった。

全部演技だったのだ。完全にやられた。

何故か笑いが込み上げてきた。

デューク様が、わざわざどうしてこんな大掛(おおが)かりな茶番をしたのかを理解する。私がラヴァール国に行きたいと切望していたのを見抜いていたのだ。

ここ数十年、国外追放された貴族はいない。最後に追放されたのは、今の国王様のお母様がしたというあの優秀な人達……。

考えてみれば、今の陛下に私を国外追放にする理由などこれっぽっちもない。私のお父様は五大貴族の一人だし。

つまり私がどんなにラヴァール国に行きたいと願っても、実際は不可能だった。だからデューク様は私の魔法レベルから記憶喪失にさせられたと嘘をつき、リズさんを崇拝する民衆まで煽って追放する理由を作ってくれた。

……なんて策略家なの。

つまりここにいる全員が、彼の手のひらの上で踊らされていたってわけね。

私は静かに口角を上げて衛兵と共に部屋を出た。

ついにゲームのシナリオ通りになった。

『ウィリアムズ・アリシア：ラヴァール国へ国外追放』

現在十一歳　ジル

まさかデュークがこんな簡単にアリシアを国外追放にするなんて思わなかった。

一体何を考えているんだ？　あんたの惚れた女だろ。守れよ！

僕は心の中でデュークを罵倒しまくった。

そして、怒りに任せてアリシアと一緒に国外追放されないかと声を上げた。こんな国に未練なんてない。僕はアリシアと共に生きるんだ。アリシアのためなら国なんて簡単に捨てられる。

だが、アリシアが部屋から出ていく時に、デュークは彼女の耳元で何かを言い、それに対してアリシアは――、笑ったのだ。してやられたって表情だった。

……あの表情から分かることは、デュークは記憶喪失なんかじゃないってことだ。

……やってくれたよ、全く。

アリシアはほとんど口に出さなかったが、僕には分かっていた。

ラヴァール国へ行きたい、と。

特にラヴァール国の狼が現れたと聞いた時からどんどんあの国に興味を示していた。

貴族の令嬢がそう簡単に他国へ行けるわけない。というより、他国に行ける者がまずいない。外交は基本五大貴族のみだし、商人も国境を越えることはない。

外交せずとも、ギリギリこの国は生きていけるからだ。ロアナ村のことは頭にないみたいだけど。あの馬鹿王……、っていうのは心の中だけに留めておこう。

じっちゃんが早く王になればいいのに。

「では、皆様、ごきげんよう」

アリシアはそう言って部屋を出た。僕は衛兵の腕から無理やり抜け出し、彼女を追いかけた。

一緒に行くことは無理でも、せめて見届けたい。

「おい！　お前！」

「いい、放っておけ」

デュークの低い声が部屋に響いた。その一声でたちまち衛兵は大人しくなる。デュークなのになかなか威厳がある。……王子だから当たり前か。

デュークもきっとアリシアを追ってラヴァール国へ行きたいだろう。だが、王子がそんな勝手なことは出来ない。

アリシアを信用しているからこそ、この手段を取った……。

僕は部屋を出て、アリシアを追う。

彼女は僕なんかいなくても生き生きとしていて、一人でも堂々とした姿勢で自信に満ち溢れていて、どこでも輝ける。だけど、僕には彼女が必要だ。

もっと彼女に相応しい人間になりたい。彼女に必要としてもらえる人間になりたい。何度もそう思ってここまできた。

なのに、彼女は僕から完全に離れてしまう。

城の外に出ようとしたアリシアに追いつくと、そこにはキャザー・リズ達がいた。

どうやら町の人達がアリシア断罪のために城に呼ばれたのを聞きつけて、取り巻き達を連れて駆けつけてきたようだ。

ヘンリがここにいるのは分かるが、アルバートやアランもキャザー・リズと一緒にいる。

やっぱり妹が王宮に連行されたとなると話は別なのか、気まずそうな顔だ。

「アリシアちゃん……」

キャザー・リズは眉を下げて、悲しそうにアリシアの方を見る。僕はその表情に苛立ちを覚えた。

「晴れて国外追放になりましたわ。これからは思う存分貴女の理想を貫いてちょうだい。さようなら、リズさん」

「国外追放ってそんな……私からデュークにお願いしてみるわ」

「は？」

今までクールに振る舞っていたが、アリシアの素が出た瞬間だった。物凄い形相でキヤザー・リズを見ている。

「今なんて」

「私から、デュークに国外追放をやめてってお願いするわ」

キャザー・リズは真剣な口調でアリシアにそう言った。

アリシアは言葉を失っている。あまりに予想外の言葉だったのだろう。

「どういうこと……？」

「国外追放なんて罪が重すぎるわ」

「私が言うのもおかしいけど、一国の王子の記憶を消すなんて相当なことよ？」

「それでも、貴女は私の大切なお友達よ」

アリシアはいつから友達になったんだ、みたいな表情を露骨に浮かべている。

どうして、皆キャザー・リズは自分が頼めば王子の決定を覆せると本気で思っているんだろうか。

キャザー・リズに騙されるんだ？　こんなに違和感しかないのに。

「……リズさん、貴女はただの平民でしょ？　貴女にデューク様が下した決断を変えることなんて出来ないと思うわよ」

ようやく落ち着いてきたのか、アリシアは真顔で告げた。

「どうして？　私とデュークは」

「お友達？」

アリシアは嘲笑する。

「お友達だったら王子の下した決断に平民の貴女が口出し出来るとでも言うの？」

「そういうわけじゃ……。私はただアリシアちゃんのために」

「私のため？　笑わせないで。リズさんは確かに凄い存在かもしれない。けど、あまり自分がなんでも出来ると思い上がらないことね」

冷たく蔑んだ目、こんなことを言うのも変だと思うが、僕はアリシアのあの目が凄く好きだ。

いつもならアルバート達がなにか言ってくるが、今回ばかりは空気がピリピリしているのか、黙っている。……このままキャザー・リズへの洗脳まがいの崇拝が解けたら面白いのに。

「それは、アリシアちゃんの方じゃない？」

キャザー・リズがそんな風に返してくるなんて思わなかったのだろう。アリシアは一瞬目を見開いたが、すぐににやりと笑った。

もしかしたら彼女もアリシアに影響を受けて変わり始めているのかもしれない。

「どういう意味かしら？」

「力があれば、どんどん欲張りになるのよ。一つ手に入れたらまたすぐに新しい欲が生まれる。それが一番恐ろしいことよ。十三歳で特別待遇で学園に入れたら、次は学園を支配したくなる」

「……確かに。それは一理あるわね」

認めるんだ。僕は軽く心の中でツッコミを入れた。というか、この学園を支配って規模が小さい。彼女はそんな女じゃない。世界をも支配するかもしれない人だ。

それに……、例えが分かりにくすぎる。アリシアに結局何を言いたいのだろう。本当に彼女が聖女で大丈夫なのか？　ホワイトエンジェルさん。

「で？　欲張りのどこが悪いの？」

アリシアの言葉にキャザー・リズはぐっと息を呑む。

僕はこの瞬間が好きだ。アリシアがキャザー・リズのお花畑の脳みそを踏みつぶしていく感じ。

「欲にきりがないのはいいことだと思うのだけど。野心があれば這い上がることが出来る。欲は人が成長する際に一番重要なものだわ」

「……その野心が大きいほど独裁者となるのよ」

アリシアの言葉に少し焦っているのか、一度深呼吸してからキャザー・リズは静かにそう言った。彼女はいつも丁寧に穏やかな口調で話す。その話し方には人の心を摑む何かがある。流石聖女だ。

「独裁者が必ずしも悪者だけとは限らないんじゃなくて？」

「欲は人をも支配するのよ。人間というのはそういう生き物なの」

「……リズさんからそんな言葉が出るなんて、貴女も変わったわね」

私の監視のおかげかしら、彼女は心の中でそう思っているに違いない。

「私はね、とても聡明で素晴らしい統一者を知っているわ。……私が思うに、欲という凶器は使い方を誤らなければ人を守る武器となる」

きっとその統一者とはじっちゃんのことだろう。アリシアの口調からじっちゃんのことを、とても尊敬しているのだということが分かる。

キャザー・リズは反論出来ずに押し黙った。

「上に立つ者は、必ず下の者まで見て全てを把握しなければならないわ。それが出来ずに欲をかく人間は独裁者に、それが出来た上で欲をかく人間は良き統一者になる。お分かり？」

キャザー・リズを馬鹿にするように彼女は口の端を軽く上げた。

その表情に僕はゾクゾクした。やっぱり、僕にはアリシアしかいない。

「それに安心して。暴君は長続きしないわ」

「……国外追放されるアリシアちゃんみたいに？」

「あら、言うじゃない。褒め言葉として受け取っておくわ」

アリシアはニッコリとキャザー・リズに対して笑った。アリシアの反応ではなく、僕はキャザー・リズに驚いた。

彼女は今、アリシアに対して完全に敵意を向けている。

今まで色々あったが、こんなにあからさまに敵意を向けたことは一度もなかった。むしろいつもアリシアを説得しようとしている有り様だった。

……デュークか。自分の好きな男が好意を寄せる女に対しての嫉妬心から生まれたものか？　乙女心というものはよく分からないが、それで人が変わるのならなかなか恐ろしいものかもしれない。

「アリシアちゃん、一度貴女がどれほど恵まれた環境にいたのか再認識すればいいわ」

「あら、一度ということは、いつかリズさんが私をこの国に戻してくれるの？」

「ええ。私、お友達は絶対に見捨てないわ」

いつものキャザー・リズに戻っている。純粋そうな表情だ。

自分のエゴを他人に押しつける、いつものキャザー・リズ。僕は彼女を見ながらそう思った。

「そろそろ時間だ」

衛兵の一人が低い声でアリシアの腕を摑みながらそう言った。

アリシアは満足げに笑みを浮かべている。まるで国外追放されることに酔いしれているような笑みだ。

逆に、最後まで悪女という役割を貫き通そうとしているようにも見える。

アリシアが引っ立てられる様を、ヘンリやアルバート達が心配そうに見つめた。

リズはアリシアのことを顔を歪めて見ている。誰もその表情に気付いていなかったが、僕は確かに見た。

あれは、妬み嫉みが露わになった瞬間だ。

皆がアリシアのことを想っているのが許せないのだろう。

「さて、長居は無用。では、皆様、これで本当にさようならですわね」

口角を上げて、ニッコリと微笑む彼女の強さに僕は釘付けになった。

周りから罵られても自分の信念だけを貫き通して、文句一つ言わない彼女の強さをこれほど愛おしく思ったことがない。

「アリシア……僕はやだよ。……寂しい。だから……、だから……、行かないでほしい」

覚悟を決めた彼女にこんなこと言うつもりなんてなかった。アリシアが困ることは言っちゃいけない。それなのに……。

「ジルにまだ可愛げがあって良かったわ」

アリシアはそっと衛兵の腕を払い、僕の元へ駆け寄ってきた。そしてギュッと力強く抱き締めてくれる。

「ア、リ……」

「ジルは私の最高の宝物よ」

　胸が締めつけられる。あの村で落ちぶれて汚(きたな)かった僕を宝物だと言って抱き締めてくれる令嬢に、僕は何もしてあげられなかった。

　アリシアの役に立とうと、追いつこうと思って頑張(がんば)ってきたけど、いつも彼女は僕の数歩先を進んでいる。

「ジル、いつも助けてくれて有難(ありがと)う」

　そう言って、彼女はそっと僕から腕を離した。彼女はさっと馬車の中に入った。外からは馬車の中が見えない仕様になっている。

　さばさばとしたその別れ方はアリシアらしいなと思い、思わずフッと笑ってしまった。

　どうか無事で。

　僕はそれだけを願って、アリシアの乗った馬車を見送った。

　皆、何も言わずそれぞれに思いを抱(いだ)きながら、だんだん小さくなっていく馬車を見つめていた。

現在十五歳　ウィリアムズ家長女　アリシア

この世界に転生して今まで一番胸が躍っている。

国外追放されて、ついにラヴァール国へ行けるのよ。信じられる？　本来なら不可能だと思われたラヴァール国に行けるなんて、夢みたい！

……馬車でっていうのが、気に食わないけど。

多分、デューク様が私にこれ以上害がないように手配してくれたのだろうけど、正直檻のままでも良かったのに。その方が悪女らしい。

そんなことをぼんやりと考えていると、いきなり馬車が急停車し、私は前のめりになった。

日々鍛えているおかげで顔をぶつける寸前で体を止めることが出来たけど、普通の令嬢なら、間違いなく顔面を強打していたんじゃないかしら。

一体何が起こったの？　人をひいたとか？　盗賊が現れたとか？

様子を窺おうと、そっと馬車の窓から外を見ようとした時、勢いよく扉が開いた。

「え？」

視界に入ってきたのは、髪が少し乱れ、額に汗を滲ませながら息を切らした、デューク様だった。

……あのクールなデューク様がこんな格好になっているなんて珍しい。

私に何か言い忘れていたとか？

こんなに急いで来るのだから、きっと重要なことよね？

「えっと……、あの」

私がそう言いかけたのと同時にデューク様の手が私の首に素早く回され、いつの間にか唇に柔らかく温かな唇が触れていた。

驚く暇もなく、目を大きく瞠り、私の思考は停止した。強引なのに優しいそのキスに思わず溺れそうになる。

ファーストキスをこんなにもあっさり奪われるとは思っていなかった。

……昔、体調を崩した時、デューク様に薬を口移しで飲まされたのをカウントするんだったら、ファーストキスじゃないかもしれないけど。

でも、ちゃんとキスされるのはこれが初めてだわ。

デューク様の唇がそっと離れる。恥ずかしさよりも驚きの方が勝っていて、私は呆けたように彼を見つめた。

「アリシア、すまなかった」

……え？　どういうこと？　キスされた上にデューク様に謝られた？

情報量が多すぎて頭の中がぐちゃぐちゃだわ。

私にいきなりキスをしたことに対して謝っているのかしら……。それとも強引なやり方で私を国外追放にしたことに対して？

「手っ取り早くアリシアが望んでいる国外追放をするにはこの方法しか思いつかなかった。手荒すぎたと思う……すまない」

私はデューク様の想いに言葉を失う。

一体私のためにどれだけのことをしてくれるのだろう。

自分を犠牲にしてまで私の望みを叶えてくれるなんて、本当に王子様みたいじゃない。

……まぁ、王子なんだけど。

それにしても、あの記憶喪失が演技って凄すぎない？　超一流俳優じゃない。

「アリシアを忘れることなんて絶対にないから」

彼の力強い言葉に体が熱くなる。悪女は赤面なんてしないのに。

どうしてそんな台詞をさらっと言えるのよ。

「ん？　お嬢様にキスはまだ早かったか」

デューク様は私が赤面して何も言えずにいるのを見ながら、意地悪そうに笑った。

ああ、デューク様ってそういう方だった。クールに見えるけど、割と性格の曲がった王子だったのよね。

私との別れを惜しんで会いに来たんじゃなくて、からかいに来ただけのような気もしてきたわ。

やっぱり、やられっぱなしは悔しい。

私は両手をデューク様の首元にかけて、今にもお互いの鼻の先が当たりそうな距離で妖艶な笑みを浮かべた。

「謝る必要なんてございません。王子の寵愛、しかと賜りました」

デューク様はクシャッと破顔した。その笑顔に私の胸が思い切りギュッと締まるのが分かる。

「生意気なお姫様だな」

そう言って、デューク様は再び私の唇を塞いだ。姫じゃなくて、令嬢なんだけどな……。

一体私はいつから王子と結婚したことになっているのかしら。

「俺が言うのもなんだけど……一人で大丈夫か？」

「この私ですわよ？」

私は誇らしげにデューク様を見つめて、話を続ける。

「こんなに理想通りにラヴァール国に行けるなんて思わなかったです。デューク様には感謝しかないくらいよ。まぁ、騙されたのは少し悔しいですけど……」

「さすが、俺の惚れた女だ」

デューク様がぼそりと言った言葉がいまいち聞こえない。

「え？　もう一度……」

「いや、アリシアがラヴァール国にいる間に、俺もこっちでやれることをやっておく。ジルのことは任せろ」

「王子、デューク様、そういえば、私がなぜラヴァール国に……」

「デューク様、そういえば、私がなぜラヴァール国にいなければなりません」

衛兵の少し気まずそうな声が聞こえる。それと同時に私はデューク様の首から手を下ろした。

あ、そういえば、衛兵の前で本性出してしまってたけど、良いのかしら？

一応、デューク様は記憶喪失のままってことになっているのよね。しかも、ちゃっかりお城から抜け出して、罪人とキスしているなんてかなりまずいんじゃ……。

チラッと衛兵の顔を見る。

……彼は、たしか、檻のついた馬車に乗せられた時にいた人だ。

てことは、私の味方をしてほしいと言った「とあるお方」って――。

「後は頼んだぞ」

デューク様の言葉に彼は真剣な瞳で深く頷いた。

どうやら彼は真相を知っているようだ。なるほど、これはなかなか有難い。

「他の男によそ見するなよ」

デューク様が私の頭をガシッと片手で掴みにやりと笑みを浮かべるが、目は真剣だった。

「ラヴァール国へ行く目的を見失わない限り、誰かに現を抜かすことなんてありえないので」

私は満面の笑みでそう答え、デューク様の手を払い、馬車の扉を優しく閉めた。

これで最後ってわけじゃないし、一つの別れ方としては悪くないんじゃないかしら。

私との記憶が失われたのなら、潔く身を引いてあげようと思ったのに……こんな風に行動で示されると、正直揺れてしまう。

私とデューク様が結ばれる未来なんて、あるわけないと思っていたのに……。

そうして、私はまた馬車に揺られた。

ラヴァール国では、どう探りを入れよう。貴族であることを知られるのはまずいわよね。

出来れば、王族に近づきたい……。そうなると、この自慢の黄金の瞳が邪魔なのよね。

親族以外でこの色の瞳を持っている人に出会ったことがないし。

出来る限り、目立たないようにしないといけないもの。そうなると、両目を包帯で巻いておくとかした方が良いかしら？

ウィルおじいさんは見えずとも生活していたし、私も訓練すれば出来るようになるはず……。

それから、この少し成長した胸も押しつぶして、男に変装しよう。

ちょうど髪は短いし、体は日々鍛えてきたし、小柄な少年に扮するのは問題ないはずだ。

「よし、決まり」

即座に私は眼帯を外してポケットの中にしまい、着ていたスカートを乱暴にちぎった。

「ねぇ、お願いがあるのだけれど」

私はスカートの布を目に巻きつけながら、衛兵に声を掛けた。

「何でしょう？」

「ラヴァール国との国境に行く前に、私でも着られるような男の子の服を手に入れることは可能？　出来る限り着古したボロボロのものがいいわね」

衛兵の少し困惑している様子が分かる。

ちなみに、目に布を巻いているけど、全く見えないってわけじゃない。少し視界が霞むだけで周りのことは把握出来る。気配で相手の考えていることなんかも察せるし、十分視えると言っていい。

やっぱり私の目って特別よね？　本を読む速度とかも尋常じゃなかったし……。オークションとかに出したら破格の値段で落とされそう。

「………可能ですが、一体何に使われるのですか？」

「着るのよ。……あ、それと、炭と泥も欲しいわ」

衛兵の顔に困惑が広がる。何を意図して私がこう言っているのかあまり分かっていないようだ。

「かしこまりました。では、少し町に寄ってから国境に向かいます」

私の要望に戸惑いながらも衛兵は承諾してくれた。

すぐさま準備し、手に入れた服と、泥と炭がそれぞれ入った瓶を馬車の扉から渡してくれる。

デューク様の臣下は本当に優秀ね。そういえば、結局さっきは聞けなかったけど、デューク様はラヴァール国で私が何をしたいかの目的も分かっているのかしら。

もしそうなら、一体どんな洞察力なの……。恐ろしいわ。

「アリシア様。馬車を動かしても大丈夫でしょうか？」

「大丈夫よ」

衛兵の言葉に即答した。

動いている馬車の中で着替えるなんて朝飯前よ。

鏡がないから自分の姿は見えないけど、これはなかなか酷い見た目をしていると思う。

誰も貴族だと思わないだろう。

さらに泥や炭を肌に塗りたくった。白く綺麗な腕がどんどん汚れていく。

馬車の窓に反射して少し映る自分の姿を見て、「おお」と思わず声を出してしまった。

貧しい子どもを見事に演出出来ているような気がする。

……後は、髪の毛よ！

他が汚れているのに艶やかなままというわけにはいかない。

急いで炭を頭に塗し、乱暴に頭を掻いた。あっという間にクシャクシャになっていく。

炭の効果って凄いわね。髪の毛をぼさぼさにしたい皆に是非おすすめよ。

「着きました」

その声と同時に馬車が止まるのが分かった。

お城を出てから数時間……、ようやく国境に着いた。

遠いのか近いのかいまいち分からない距離ね。飛行機や電車の便利さを物凄く実感するわ。

今思えば、前世の頃に利用していた交通機関って素晴らしかったのね。

馬車の扉を開けながら、前世の偉人達に感謝した。

「え、アリシア様……？」

衛兵は私の格好に目を大きく見開いて固まった。ボロ衣を着ると分かっていても、まさかここまで大変身するとは想像もしていなかったのだろう。

衛兵は絶句して私をじっと見つめている。

最高よ！　その反応！　人の驚いた反応って一番楽しめるわよね。

「アリシア様でございますよね？」

「私じゃなかったら大問題でしょ」

まぁ、誰かを身代わりにしてラヴァール国に行かせるっていう手もなくはないけど。

衛兵は驚きながらも、私に手錠をし、国境線にある大きな建物の方に足を進めた。

ここって検問所よね。

私は衛兵に連れられながら辺りを見渡した。立派な建物ね。

一般の人は一人もいないようだ。大きい建物の割に働いている人数が少ない。

当たり前よね。国交がほぼないデュルキス国の検問所なんてほとんど意味がないもの。

ここにお金を使う余裕があるのならもっと他に使うべきところがあるってものよね。

そのまま、私はある部屋に連れていかれた。

「ここ、どこ？……」

「追放された者が集まる部屋です」

そんな説明されなくても見たら分かるわよ。

私だけが追放されるわけじゃないってことに驚いているのよ。

私とその他四人、合計五人が今日国外追放される。そもそも平民の国外追放も珍しいはずよね？

女性が一人、男性が三人、年齢は四人とも三十代ぐらいかしら。着ているものは今の私同様ボロ衣だ。

「早く中に入れ」

私はその部屋を管理している男に無理やり押された。

レディーに対しての扱いがなってないわよ、って少し前の私なら言っていたのだろうな、と思いながら、黙って部屋に入った。

私をここに連れてきたデューク様の衛兵と、この部屋を管理している男の会話が途切れ途切れに聞こえたんだけど、どうやらここ最近、国外追放される人間が増えているようだ。前まではロアナ村に集めて障壁を作っていたみたいだけど、確かに、このままだとロアナ村の人口が膨れ上がって、大変だものね。

国外追放になった罪人達は、きっとラヴァール国で酷い扱いを受けるに違いない。だって、追放になった罪人をラヴァール国が受け入れるなんておかしいもの。奴隷にされるとかかしら……。

「ご苦労様でした」

私が考え事をしている間に男は衛兵に向かって深く頭を下げていた。

やっぱり、王宮に仕えている衛兵は一目置かれる存在なのね。衛兵は何か言いたげな表情を私の方に向けた。

絶対に何も言わないでよね。ここまで来て、ぶち壊さないでよ。

衛兵に向かって私は小さく首を振った。残念なことに、私の目は塞がっているから、目線で合図は出来ない。

私の心を汲み取ってくれたのか、衛兵は少し躊躇いながらも「元気でな」と言い、その場を離れた。彼のその言葉は私の無事を心から願っているようにも聞こえる。

やはりウィルおじいさんの言っていた通り、声のトーンや抑揚から得られる情報の大切さがよく分かる。

……とうとう私は、本当に一人になったのね。誰一人味方がいない環境に置かれるのなんて生まれて初めてじゃないかしら。

この状況を楽しめる私ってやっぱり悪女よね……。無意識に口の端が上がっていた。

「ここでじっとしてろ」

この部屋の管理人は嫌悪感丸出しの様子だ。

小さな何もない部屋で私は出来るだけ目立たぬよう座る。

服を着替えておいて良かったわ。見事に馴染めているもの。それにしても、一体彼らは何をしたのかしら。国外追放になるくらいだから、よっぽどのことをしたのよね。……貴族を殺したとか？

私は目隠し越しに注意深く彼らを観察した。

皆、希望をなくしている様子だ。近くにいるので彼らの表情がよく分かる。特に、夫婦だと思われる男女二人は完全に絶望感に陥っているようで、死んだような目で壁にもたれている。希望で胸がいっぱいの私と正反対ね。ああ、彼らが何をしたのか気になるわ！観察で手に入れられる情報なんてたかが知れている。やっぱり本人の口から直接話を聞きたい。その方が効率も良いのに……。

「坊やは何をしたんだい？　それにその目は……」

野太い声で一人の大柄な男性が私に尋ねてくる。

国外追放された罪としては表面上、王子の記憶を消した罪、リズさんを虐めていた罪。だけどそんなこと正直に話せるわけもないものね。ここは適当に誤魔化しましょ。

「……国外追放されたんだ、そんな甘い罪じゃないことくらいわかるよね。その時、目に酷い傷を負ったんだ」

出来るだけ低い声を作り、それ以上触れるなとばかりに目隠しを押さえて顔を逸らした。

少年の声を案外上手に出せたんじゃないかしら。

「ほう、お前も殺人か……」

男は気味悪く笑い、何故か感心するような様子を見せた。勝手に誤解してくれて有難う。

残りの三人も少しだけ私に興味を持ったみたいだ。

ちゃんと答えたんだから、私から訊いても良いわよね？

「皆は、どんな罪で捕まったの？」

私の質問に少し躊躇した様子で、大柄な男が口を開いた。

「大体皆一緒さ」

彼の言葉に夫婦らしい二人組の男性の方も頷く。残ったもう一人の坊主頭の男は黙ったままだ。

……無口で、長身で、体には刃物で出来たであろうかすり傷が多く見られる。坊主頭の男は、殺し屋か何かかしら。

「皆、人を殺したんだ……」

私の言葉に大柄な男が苦笑する。

「坊や、名前は？」

「……リア」

少し考えてから答えた。男の子の名前を一瞬で思いつくことが出来ず、自分の愛称である「アリ」を逆さにしてみた。

「リアか。俺の名前はフィルだ」

「僕はミル、そして、妻のルビーだ」

ルビーはミルの言葉に対してほとんど反応せず、ただ壁にもたれかかったまま。坊主頭の男は相変わらず何も答えない。

「時間だ。外に出ろ」

自己紹介を終えたところで管理人が部屋の扉を開けた。

私達は檻のついた馬車に乗せられる。

やっぱりこの馬車の方が囚人っぽくて良いわよね。その分石を投げられたりする危険度も上がるけれど……。

皆、反抗することなく黙って檻の中に入った。私達五人が入ってもまだスペースがあるぐらいの大きい檻だ。

「暴れるなよ」

御者が私達を睨む。

会話もしたことのない初対面の人間にこんな目で見られるなんて、罪人パワーは凄いわね。

「暴れる気力がまだあればいいんだがな」

そう言って、フィルは苦笑した。

暫くして、いきなり馬車が乱暴に走り始めた。ガクンと体が前のめりになる。

こんな酷い操縦の馬車に乗ったことないわ……。やっぱり御者もピンからキリなのね。

「リアは一体いくつだ？」

沈黙を破ったのは、やはりフィルだった。

……ここは、本当の年齢を言っても別に支障はないわよね。

「十五……」

「十五!?　その割には小柄だなぁ」

驚いたように彼は声を上げた。

女だもん、華奢なのはしょうがない。

「俺の娘よりも若いのか」

「……娘がいるんだ」

「ああ、まあな」

私の言葉に少し彼の表情が曇る。

……これは触れてはいけない内容だった？　娘がいるということは、奥さんもいるってことよね？

答えてくれそうな範囲で私は質問をする。

「娘だけ？」

「ああ。可愛い娘だ。何にも代え難い俺の宝さ」

「……もう会えないと思ってる？」

「そうだな」

フッと寂しそうに彼は目を伏せて笑った。

宝物の娘ともう二度と会えないと分かっていながらも殺人を犯した罪……。しかもそれが国外追放にまでなるのよ？

正直、あの国王様が彼らを国外追放しているとは考えにくい。

デュルキス国は豊かな国なのに、貧困にあえぐ村があり、魔法で閉じ込めるだけで状況は一向に良くならない。さらに何故かここにきて頻繁に起こっている国外追放。

……私が知らないところでもっと大きな何かが動いているのかもしれない。

ヒロインなんかに気を取られている場合じゃなかったわ。というか、こんな難しい設定にした運営、一発殴らせて。乙女ゲームにこんな闇の世界なんていらないわよ！

「そういや、どっかの令嬢が国外追放されたみたいな話があったけど、本当なのかね」

前にいた二人の御者のうちの一人が話しているのが聞こえる。

……こんなに一瞬で噂って広まるものなのね。まぁ、そりゃ一国の大ニュースに違いないか。

「どうせ国外追放になってもこっちの城で良い暮らしをするんだろう」

「そうだろうな〜、貴族様は罪を犯してもほとんど隠蔽するからな。全く良い身分だぜ」

う〜ん、皆と変わらず牢に閉じ込められるか、労働するか、のどちらかだと思うけれど……。

勿論(もちろん)、私は奴隷になる気なんてさらさらないわよ。目的はラヴァール国の真髄(しんずい)を知ること。そのためには、城に忍(しの)び込(こ)まなければ……。けど、どうやって？

「僕達ってどこに連れていかれるの？」

「さぁな〜。良い所ではないっていうのは確かだな」

フィルが少し明るい口調で答えてくれた。

「……城から遠くない所だと有難いんだけど」

「は？」

「いや、何でもない」

思わず声に出してしまった。

とりあえず、今は体力を温存しておこう。私はゆっくりと瞼(まぶた)を閉じた。

「おい、着いたぞ。起きろ小僧(こぞう)」

荒々(あらあら)しいその言葉に私はゆっくりと目を開いた。

「ぐっすり寝(ね)ていたな」

そう言ってニカッと笑うフィルが布越しに視界に入る。

ぼんやりとしたまま、私は立ち上がり、檻から出た。

ここどこ？　ラヴァール国ってことは分かるんだけど、国旗もなければ、ラヴァール人らしい人もいないし……。

レンガの壁に囲まれた暗い場所に私達は全員降ろされた。

……何、この異臭。鼻にツンとくる強烈な臭いに私は思わず顔をしかめた。

ロアナ村とはまた違う臭い……。とにかく貴族が立ち入ることはないであろう場所なのは確かかね。

「ここはどこだ？」

ミルが奥さんのルビーを抱えながら辺りを見渡す。彼の様子は怯えて見えた。

「ようこそ、ラヴァール国へ」

低く、不気味な声が奥から聞こえた。

眼鏡をかけた厳格そうな若い男の人が、そこに立っていた。

……こっちの服装は少しスーツっぽい。カジュアルなのかフォーマルなのか分からなくなってきた。というか、よく考えてみたらこの乙女ゲームの世界観ってなんでもありよね。

「ここはどこなんだ？」

「ここはラヴァール国の闘技場の地下でございます」

フィルの質問に男は即答した。

どうして闘技場……？　皆の顔が引きつるのが分かった。

ああ、そういうことね。私達は、国外追放された身だ。つまり、私達の命なんてなきに等しいもの。それを彼らの娯楽に利用するってわけね。

だから、ラヴァール国はデュルキス国から追放された人間を受け入れるのかも……。

「そうですね、明日は貴方に戦ってもらいましょう」

男はそう言って薄気味悪い笑顔を浮かべながらフィルを指差した。

「対戦相手は……、飢えたライオンなんてどうですか？」

フィルは散瞳し、ただ男の指を見つめている。

こいつは何を言っているの？

いきなり突きつけられた現実に少し戸惑う。国外追放が生半可なものじゃないことくらい分かっていたけれど、これはかなりまずいかも……。

「明日の……朝？」

「安心してください。食事の方は満腹になるまで好きなだけ食べて良いですよ」

「ち、ちょっと、待ってくれ……。もう少し先に出来ないのか？……鍛えたり、こ、心の準備とか」

怯える目でフィルはたどたどしく言葉を発する。

対照的に男は酷く冷たい視線でフィルを見下ろした。

私達を人として扱う気がない。まるでゴミでも見ているような目だわ。

「罪人の分際で口出しするな。お前達は捨てられたんだ。せめてライオンの餌になって役に立て」

鋭く突き刺さるようなその言葉にフィルの目は大きく見開き、少し涙目になっているのが分かった。

……なかなか手厳しいこと。これも悪女になるための試練になるのよね……。

伝記にはライオンの餌になりかけたって書かれるのかしら。

良いじゃない。上等よ。絶対にここで生き残ってやる。

私は口の端を上げて、腹を括った。


男に「お前達はここに入れ」と乱暴に牢に入れられてから数時間が経った。

相変わらず異臭が凄いわね。ロアナ村を思い出す。

不衛生で、絶望的な場所。こんな所で希望を見出せなんて言われてもほぼ不可能だ。

フィルは私達とは別の牢へ入れられた。どうやら見世物に選ばれた人は特別な場所へ入れられるみたいだ。

「彼、死んじまうのかな」

ミルがぼんやりと地面を見つめながら呟く。彼の隣に座っているルビーは無反応だ。

……悲しいけれど、百パーセント死ぬわね。あの力量では飢えたライオンに敵うはずないもの。

いつからか、私は相手を見たら、大体の強さを測れるようになっていた。速読力などで私の目が少し特殊なのは知っていたけれど、こんなことまで出来るようになるとは思っていなかった。

ウィルおじいさんも私の目には驚いていたけれど、私にとってはこれが当たり前だったから凄いなんてあまり思ったことがなかったのよね。

私がざっと観察したなかで、きっと一番強いのはあのいまだに名前の分からない坊主頭の男。彼は間違いなく只者じゃない。だって彼、歩く時に足音がしなかったもの。訓練された者の動きだわ。

私の推測が正しければ……さしずめ暗殺者ってところかしら。

「僕もそのうち死ぬのかな」

ミルがか細い声を発する。

なんて弱そうな男なのかしら。この状況ならそう考えるのも無理もないかもしれないけれど、悪女はね、こんな状況をこそ跳ね返すのよ。

「そんなんだから死ぬんじゃない？」

私の言葉にミルは眉をピクッと動かし反応する。

「僕は生き残るけど、君達はここで死ぬだろうね」

「君はこの戦いで生き残れる自信があるのか？」

「自信も何も、僕には生きるという選択肢しかないよ」

「ハッ、若いなぁ」

彼は私の答えを鼻で笑い、敵意を向け始めた。

そうそう、そうやって怒っている方がいいわ。逆境に立てば立つほど強くなれる。

「じゃあ、君が代わればいい」

ミルが低く冷たい声で言った。その場の空気が少し張り詰める。

「代われるのなら今すぐにでも代わりたいよ」

「やめなさい、貴方は生きるべきよ」

弱々しい声で一点を見つめながら、ルビーが初めて言葉を発した。

あら、話せるのね。というか、ボーッとしながらも私の話を聞いていたんだ。

「どうして？　僕の命を僕がどう使おうと関係ないでしょ？」

「……私は、これ以上……あ、貴方みたいな子が死ぬのを……、見たくない」

「勘違いしているようだけど、僕は死ぬつもりなんてこれっぽっちもない」

私の言葉にミルも声を上げる。

「じゃあ、その目で一体どうやってライオンと戦うんだ！　おまけに体力も筋肉もない華奢な体だし……」

「勝算があるなら教えてくれよ」

「うるさい！　静かにしろ！」

牢の前に立っていた衛兵が私達に怒鳴る。その言葉でミルは口を閉じ、フッと力が抜けたように私から目を逸らす。

「ねぇ、衛兵さん。僕、さっきここに僕達を連れてきた男の人と話がしたいんだけど」

私はもののついでに衛兵に声を掛けた。

「あ？　……支配人のことか？」

訝しげに衛兵は私をギッと睨む。

「一体何の用なんだ？」

「明日のライオンの対戦相手を、僕にしてほしいんだ」

「は？　お前頭おかしいだろ」

「おかしくないよ。時間の無駄だから、とっととその支配人呼んできてよ」

「ガキが調子乗ってんじゃねえぞ」

柵から衛兵の手がグッと伸び、私の胸ぐらを勢いよく掴んだ。

「おい、一体何を騒いでいるんだ」

少し遠くからあの眼鏡――支配人の声が聞こえた。

あら、なんていいタイミングなのかしら！　彼に直接言えば、なんとかなりそうだわ。

「支配人……」

衛兵は私からバッと手を離す。

「こ、このガキが、明日の見世物を自分にしろとか言い出して……」

さっきまでの威勢はどうしたのよ。支配人相手だとこんなに縮こまっちゃって。

カツカツとこっちに歩いてくる足音が聞こえる。

「このガキが？」

私を見るなり、支配人は顔をしかめる。

「明日は、国王陛下がいらっしゃる日だ。こんな子どもを出すわけにはいかない」

……国王様が来る日だなんて、大チャンスじゃない！

「僕は負けない」

ここは虚勢だと思われてもいいから何としても強く出ないと。

「ほう、口だけは達者だな」

男は顎に手を置いて、少し私に興味の眼差しを向けた。まるで品定めされているような気分だわ。

「……そういや、お前は目を覆っているくせにつまずくことなく歩けていたな。どうしてだ？」

「慣れだよ。気配を感じ取って歩けるんだ」

「それは面白いな。ふむ。これはなかなか良い余興になるかもしれない」

そうこなくっちゃ！　私は希望を膨らませて次に発せられる男の言葉を待つ。

「よし、あいつと交代させてやろう」

やった！　交渉成立したわ！　まぁ、交渉というほどのものでもないけれど。

「おい、ちょっと待て。まだ幼い子どもだぞ」

「こいつがしゃしゃり出てきたんだ。お前は黙っていろ」

低く重い言葉で男は衛兵を威圧する。

私なら大丈夫よ。むしろ今、最高に明日が楽しみだわ。だって、生まれて初めて闘技場で戦うのだもの。こんな体験、一生のうちに出来ない人の方が多い。心が躍らないわけがないわ。

「支配人、本当によろしいのですか？」

「ああ。あのフィルとかいう男はそのままにしておけ。明日、こいつが死んだら次に出場してもらう」

「はい」

衛兵はそう言って、鍵を取り出し、牢を開ける。「出ろ」という言葉で私はゆっくり牢から出た。

「明日、楽しみにしてるぞ」

私の耳元で男は小さく囁き、ニヤッと不気味な笑みを浮かべた。

……彼は私のズタズタに負ける様子を見たいのだ。私はそう直感的に理解した。

調子に乗った子どもを見せしめにしてやるってところかしら……。

正直、ライオンに対して恐怖心を抱いていないわけじゃない。

それに、魔法を使えば簡単に貴族とバレてしまうから魔法も使えない。

……けど、ここで逃げても何も解決しない。

この緊張感と恐怖心を強さに変えてやるわよ。

別室で一夜を過ごした私は、小さな窓から入る微かな太陽の光で目が覚めた。ゆっくりと瞼を開ける。

……もう、この布を巻いた状態での視界にもだいぶ慣れた。もしかしたら、悪役令嬢っていうのは適応能力が高めに設定されているのかもしれないわ。国外追放とかなりがちだし。

「魔法が使えたら、私もライオンになって戦うのに」

誰にも聞こえないようにボソッと呟く。

まぁ、出来ないことを考えても時間の無駄よね。今私が出来ることは、筋トレぐらいかしら。ストレッチして、出来るだけ体を軽くして思うままに動かせるようにしておかないと。

その場で腕立て伏せを始める。

それにしても、私、本当に成長したわよね。記憶が戻ったばかりの私の筋力なんて赤ちゃん並みだったもの。やっぱり継続って大事ね。身に染みるわ。

「おい、朝飯だ」

筋トレをしていると、あの支配人が自ら食事を持ってきた。

どうして彼がわざわざ朝食を届けに来たのかしら。普通、部下に任せるわよね……。私が今日の見世物だから？

大きな鍵で開かれた扉が、ギーッと音を立てる。

この柵……、よく見たら脆そうだし、壊そうと思えば自力で壊せる気がするんだけど。

男は私の前にパンとスープと小さな肉が載ったお盆を置く。

「肉なんて初めて食べるんじゃないのか？」

……国外追放されたような人間はろくなものを食べたことがないと思われているってこと？

私が令嬢だと知った時の顔が見てみたいものね。間違いなく貴方より身分は上よ。

私は無視して食事に手を伸ばす。その様子を見て、彼はハッと鼻で笑った。「飯に飢えているガキ」と思われたに違いない。

そんなに油断していると、簡単に私にやられるわよ。

「こんな細くてちっさい子どもにライオンの相手が務まるわけがない」

あえて乱暴にパンをかじる。行儀を知らない子どもを演じないとね。

「愚問だったか。少しは楽しませてくれよ。まぁ、一瞬でお前がライオンに引きちぎられるって絵面も悪くないがな」

「逆だろ。僕がライオンを引きちぎる」

「口の減らないガキだな。まぁ、どうでもいいが。……決闘は昼だ。それまでに国王が来る」

それだけ言い残して、男は牢から出て行った。

昼までの間、私は筋トレとストレッチをして体をほぐしてから精神を落ち着かせることに集中した。

次第に闘技場の観客席に人が入る様子が聞こえてくる。かなりの人数が収容出来るらしく、どんどんと騒がしくなっていく。この牢は、会場近くに用意されていたみたい。

人が死ぬかもしれないというのに、異様な熱気に包まれている。デュルキス国にこんな風習はなかった。隣国だというのに、文化がこんなにも違うのね。

「時間だ」

衛兵の声が響いた。

なんだか死刑執行されるような気分ね。私は全く死ぬつもりないのに、衛兵がそういう雰囲気を醸し出すんだもの。

ふう、と小さく息を吐いて、私は牢から出た。廊下にコツコツと私達の足音が鳴り響く。

「馬鹿だな、お前みたいな子どもが早死にを選ぶなんて」

衛兵が突然口を開いた。同情しているのか、私を憐れんだ様子で見つめてくる。

……良い人なのかしら？　安心して。自分で選んだ道をただ楽しみながら歩んでいるだけだから。

「僕ぐらいの歳の子が見世物になるのは珍しい？」

「……そうだな。基本、成人男性が出場する。女や子どもはそれまで雑用だ。成人になると男は見世物となり、女は死ぬまでこの競技場で働かされる。生き地獄だな」

「なるほどね」

成人になるまでこんな所でずっと過ごすなんて絶対に嫌よ。

「ところで、その目の覆いは取らなくていいのかい？　視界が悪いだろう」

「大丈夫。この目の傷を見られるくらいなら死んだ方がましなんだ」

大げさに言ってみたけど、実際この瞳の色を大勢に見られる方がまずいと思うのよね。衛兵はいまいち納得していないようだけど、それ以上言うのは諦めたようだ。

　入り口に近づけば近づくほど、活気が溢れてくる。まだ何も始まっていないのに歓声が凄いわ。

「幸運を祈っている」

「有難う」

　もっと罪人には当たりが強いものと思っていたけれど、案外優しいのね。私が子どもだからかしら。

　入り口には柵があり、どうやら始まりと同時にこの柵が上がる仕組みのようだ。観客席は私達を見下ろす形で設計されている。

　古代ローマの闘技場みたいね。

「良いもの見せてくれよ～!!」

「今日の挑戦者は一体どんな奴だろうな！」

「ライオンと戦うんだろう？　きっとガタイの良い奴に決まっている！」

　上からそんな声がどんどん聞こえてくる。

というか、今更なんだけど、他国で文化も違うのにどうして言語は一緒なのかしら。やっぱり乙女ゲームだから？

そんなことを考えていると、ゆっくりと柵が上がっていった。それと同時に歓声もより大きくなる。

「これを使え」

衛兵に短剣を渡される。私は手触りで、良い剣ではないことを理解した。

……わざわざこんな剣を渡すなんて、これじゃ、勝てるものも勝てなかったりするんじゃないかしら。

まぁ、短剣の方が私には有利なのだけど。

大きな剣の方が攻撃力は高いけれど、動くとなれば邪魔になる。……それでもこんな小さな剣で飢えたライオン様に太刀打ち出来るかどうかは分からないけど、仕方ないわ。

緊張しているはずなのに、このうるさい歓声で私の心臓の音はかき消されてしまう。

柵が上がりきり、私は闘技場へと足を踏み出した。

姿を現した途端、一気に会場が静まり返った。

誰か一人ぐらい騒がしい人がいても良いじゃない。まぁ、まさかこんな子どもが出てくるなんて思わなかったのでしょうけど。

それも、傍から見たら、私は目隠しした少年だし。驚くのも無理はない。

全体の雰囲気を掴み取ることは出来るけど、やっぱり遠くまで見ることは出来ないみたいね。

……せっかく今そこにいるだろう、このラヴァール国の国王様をとてつもなく見たい。

私はバレないように布に魔法をかけた。ラヴァール国で魔法を使うつもりはなかったけど、これは仕方ないわよね。

ぐるりと会場を見渡す。布に透かしの魔法をかけたおかげで、全体の様子を見ることが出来た。

……国王様発見。目立つ場所にいてくれて有難いわ。

観客席の真ん中辺りに屋根がついていて、豪華な椅子と豪華な食べ物が並んでいる場所がある。

遠くからじゃ分かりにくいけれど、あれは絶対に国王様と王妃様だわ。そしてその息子の王子らしき人物が二人。

ラヴァール国には魔法がないと言われている。……ということは、普通の人間が国を治めているってことよね。

………改めて考えても、そんなことあるのかしら？　運営は、私の国にだけ力を入れたってこと？

良い乙女ゲームなんだけど、所々適当よね。それとも何か意図があるのかしら。

……話が横道に逸れてきた。今は王様よ！

私は、じっと右目に意識を集中させて彼らを観察した。

国王様の容姿は少し明るい金髪に、黄緑色の瞳。一方の王妃様は暗いグレーの髪に、国王様同様、黄緑色の瞳だ。王子様達は、白っぽい明るい金髪に、一人はロン毛、一人は短髪。ある意味バランスが取れている。瞳の色はどちらも両親譲りの明るい緑色の瞳。……なんとなくなんだけど、オーラはあるのよね。でも、確かに魔法は使えなさそうだわ。

勿論言うまでもなく、皆超がつくほどの美形だ。この世界では王族は皆イケメンって法律か何かで決まっているのかしら。お金がある上に容姿も完璧って……、羨ましいこと限りなしだわ。

「そんなガキで大丈夫かよ！」

「もっと骨のある奴にしろよ！　小僧なんか、一瞬で食われちまうぞ！」

骨があるかどうかは戦ってみないと分からないでしょ。

誰かが叫び始めると、それに便乗するように次々と声が上がる。さっきの静まりが嘘のように一気に騒がしくなった。

誰か耳栓を持ってきてほしいわ。このままだと鼓膜が破れるわよ。

「奥に引っ込んでろよ」

「ガキが出る場所じゃないぜ！」

なんだか、その野次も優しさに感じられてしまうわ。私のことを心配してくれているのかしら？

「迷子になっちゃったのかな～？」

その言葉でどっと会場に笑いが起こる。

心配してくれているなんて考えた私が馬鹿だったわ。私は彼らにとって娯楽でしかない。

その娯楽が一瞬で終わるのが嫌なんでしょうね。

安心して。楽しませてあげるわ。

「ライオンのお出ましだ！」

誰かの声が私の耳に響いた。「おおおおおお！」という歓声が一気に広がる。

ライオンの柵がゆっくりと開く。それと同時に緊張感が増すのが分かった。

柵の奥からギロッと野性的な瞳が私を睨んでいる。本当に獲物（えもの）を捕（と）らえるためだけにここに来たような目だ。

「ちびるんじゃねえぞ～」

誰かがそう叫んだが、私はそんなことに構わず、ただ目の前のライオンに集中した。

現在十一歳　ジル

「寂しい？」

僕は外をぼんやりと眺めているデュークに近づきながらそう聞いた。

彼がアリシアの記憶を失っていないことは、きっと僕ぐらいしか気付いていないだろう。

僕の声に反応して、ゆっくりと振り向く。僕の目をじっと見て、嘘をついても無駄だと悟ったのだろう。彼はフッと笑った。

「ああ」

「……デュークは馬鹿だよね。蝶を逃がしてしまうなんてさ」

デュークは苦笑する。

いつも余裕のあるデュークだが、今回は少し堪えているように見えた。

自分の好きな人を自らの手で国外追放するなんて本人もなかなかきついだろうね。……まぁ、アリシア本人はそれに歓喜しているわけだけど。

いつか、好きなのにアリシアを国外追放したから、という理由で彼は頭がおかしい王子と呼ばれるのだろうか……。けど、この国の状況ではしょうがない。

他国との関わりがほとんどないこの国で、唯一動かすことが出来る人物はアリシアだ。

彼女をおいて今回の密偵役に適した人物はいない。他が使えなさすぎる。

いや、そもそもこの国自体がおかしい。外見だけ綺麗に繕っていても、中身はボロボロだ。

だからこそ、アリシアなら何とかしてくれると思えてくるんだ。

彼女は天才だ。

相手が欲しいもの、求めているものを即座に把握し、それに対して交渉する能力がある。

外交なんて本来なら令嬢のすることではないけれど……、彼女なら難なく出来てしまいそうなんだよね。それぐらい彼女は潜在能力を秘めている。

逆境の中で彼女はどんどん強くなり、自分を磨き、美しくなるのだろう。

……デュークの精神状態が凄いよ。かなり独占欲が強い方だと思うのに、溺愛してるからこそアリシアを自由にするって、相当器が大きくないと出来ない。それも異国に送るなんて……。

「蝶は飛ぶものだろ」

「え？」

突然のデュークの言葉に我に返った。

じっと窓の外を見つめるその目は、アリシアのことを思っているのだと分かる。

「王子の権力を使ってここに閉じ込めておくことは簡単だ。けど、それじゃあ意味がない。そんなことをしても彼女は俺を恨むだけだ」

「飛ぶ蝶は美しいって？　アリシアはどんどん綺麗になるよ」

「ああ、そうだな」

「飛んだまま戻って来ないかもしれないよ」

「彼女は戻って来るさ」

デュークは即答する。

その自信は一体どこから来るんだ？　勿論、僕も戻ってきてほしい。けど、もしかしたらラヴァール国が気に入って、そのまま留まるという決断を下すかもしれない。

「アリシアは自分の目的を失わない」

「確かにあんなに信念の強い人は珍しいからね。……でも、他の男にとられる可能性は？」

これは十分にあり得る。嫌でも皆、彼女に惹きつけられるからだ。

悪女になりたいと願うそのズレた思考に騙されがちだけど、彼女には人間の本質、その人物の持つ魅力を引き出す力がある。彼女に見出された人間はみんな彼女を好きになる。

「……それはないな」

少し間があった後にデュークが口を開く。

「男は俺だけで精いっぱいだろう」

……一体何をしたんだ。まさか、もう手を出したとか？　デュークならあり得る。

「恋愛経験値ゼロに等しい鈍感なアリシアにキスでもした？」

デュークはにやりと微笑んだ。

うわ、悪そうな顔してる。突然キスして、男は自分だけだと印象づけたってわけか。

「これからどうなるんだろう」

僕は窓の外に目を向ける。あの馬鹿な聖女のおかげでこの国は少しずつおかしくなりかけている。

彼女が、何か特別な魔力を出しているようにしか思えない。

……もしそうなら何故僕やデュークは平気なのだろう。あまりにもアリシアを好きだから？

デュークは賢い。アリシアを外に出したからには、王子といえども、デュークもいつか自国を捨てるような気がする。

「ジル、俺達でこの国を立て直すぞ」

突然の言葉に僕は彼を見上げた。

え？　今、なんて言った？　俺達？　……僕も含まれるの？

その真剣な青い瞳に吸い込まれそうになる。女は全員この瞳に弱いのか。

「本気なの？」

「勿論」

不敵に笑うその顔に、ゾクッと全身が痺れた。

「これ以上、貴族をかき回したら怒られるよ」

「誰に？」

「……国王とか」

「是非怒らせたいな」

「マゾなの？」

僕の言葉にデュークは顔をしかめる。

「父は別に馬鹿じゃない。父も父なりに考えがあるのだろう。だが、父みたいな王はこの世界にはごまんといる」

「どういうこと？」

「この国の情勢が別に特別じゃないってことだ。この国より貧富の格差が激しい国なんて他にもある」

「低い所と比べても意味ないよ」

「そうだ。だから、より良くするんだ」

デュークはきっと良い王になるだろう。僕は彼の表情を見ながら確信した。

決して逃げず、問題に向き合うその姿勢はアリシアを思い出させる。

冷酷な王、とち狂った王、慈悲深い王、色々な王が世界にはたくさんいる。会ったことはないが、本で読んだ情報だとそうだ。

そう思うと、この国の王が暴君じゃないだけましかもしれない。

ただ、僕達をロアナ村に閉じ込めたのはやっぱり許せない。かつての罪人の罪を、子々孫々まで贖い続ける必要はないはずだ。

「王子が僕を必要としてくれるなんて光栄だね」

そう言うと、デュークは「当たり前だろう」という表情を僕に向けた。

僕にはそれがとてつもなく嬉しかった。アリシアが与えてくれた僕の居場所は、こんなにも眩しいものなのかと改めて実感する。

「アリシアがラヴァール国で戦っている間に、僕達が何もしないわけにはいかないもんね」

「ああ」

デュークは優しく僕に微笑んで、頭を撫でた。

子ども扱いされるのは嫌いだ。けど、彼に頭を撫でられるのは少しも不快ではない。むしろ心が温かくなる。

「まず何するの？」

「伯父(おじ)を連れ戻す」

僕の質問にデュークは即答した。

「……じっちゃんを？　デュークはじっちゃんのことを知ってたの？」

「ああ。俺はこの国の機密情報を大体把握している」

そりゃそうか、あのデュークだもん。知らない情報なんてなさそうだ。僕の数十倍の情報を常に仕入れて処理しているんだろうな。

「過去のシーカー・ウィルの考えた政策を見る限り、彼が必要だ」

「一体どこでじっちゃんの情報を知ったの？」

シーカー家ではじっちゃんのことはなかったことにされているはずだ。

「王宮にある秘密の部屋を探すのは幼い頃(ころ)から得意だったからな」

デュークは悪い少年のような笑顔(えがお)を僕に向ける。

昔からデュークはデュークだったんだ。可愛(かわい)らしい時代とかなかったのかな……。

「王の資質は、努力だけではどうにもならない部分がある。……伯父にはこの世界に戻ってきてもらう」

自分の父親よりもじっちゃんをとるんだね……。

問題はじっちゃんがロアナ村から出るかどうかだ。だけど、デュークの力強い言葉に僕も心を決める。

「僕はじっちゃんを王に据えたい。じっちゃんほど王に適した人物はいないと思う。ロアナ村のことは僕に任せて。協力するよ」

「実際に伯父のことを知っているジルが言うのだから間違いない。頼んだ」

デュークの言葉に頷く。彼から頼られている。頑張らないと。

「それから、僕はキャザー・リズの能力について少し調べたい」

そう言うと、デュークも真剣な表情になる。

「それは俺も気になっていた」

「デュークはアルバートと仲が良かったんだよね？」

「昔はな」

「妹よりも聖女か」

「……アルバートはそんな男じゃなかった」

デュークは複雑そうな表情を浮かべる。

もともと同級生で、仲の良い二人が疎遠になった原因はリズだ。僕にはどう考えても彼女が周囲を洗脳しているようにしか思えない。

だんだん彼女に傾倒していくアルバートやアラン達をただの馬鹿だと思っていたんだけど、最近はむしろキャザー・リズが疑わしくなってきたんだよね。

「酷いのが、エリック、ゲイル、アルバート、アランってとこかな。……逆に僕を含めカーティス、ヘンリ、フィン、そしてデュークはリズを疑っている、もしくは嫌っている。

一体なんの差だろう」

「フィンはどっち派なのか、いまいち読めないな」

「可愛い顔してるのに、案外一番腹黒ってパターンだったりするのかもね」

「あいつは昔から腹黒だ」

デュークは当たり前のように言った。

そもそもあんまり話したことないからな……どんな人間なのかいまいち摑めない。

「フィンは、もめごとを第三者として見るのが好きなんだ」

「何それ、初めて知った」

「悪趣味だからな。知ってる奴は少ないだろう」

他の人と一緒にいると、知らない情報もかなり手に入る。

今までずっとアリシアといたから、なんだか新鮮だ。

「ねぇデューク、一つ気になってるんだけど」

「何だ？」

「いつ、記憶喪失の演技はやめるの？」

彼は僕の質問に一瞬面食らったが、すぐにフッと笑った。

「そうだな、考えていなかった」

あのデュークからまさかそんな言葉が出てくるとは思ってもみなかった。

「アリシアを国外追放させるためだけにしたことだからなぁ、知ってる人は知ってるし」

「デュークってそんな感じだったっけ？」

「そんな感じって？」

「いや、何でもない。ただ、ちょっと品行方正な王子の印象が徐々に崩れかけてる気がする」

「もともと品行方正ではないだろ」

僕にとっては十分、出来がいい、って感じの王子様だったけど。アリシアの危機にはいつも必ず助けに来て、イケメンで、魔法も学力も剣術も全て優秀で、非の打ち所がない。

「待って、他に誰がデュークの記憶喪失が演技だってこと知ってるの？」

「父は間違いなく気付いてるな」

デュークはさらっとそう言った。

……は？

驚愕の事実に言葉が出ない。国王が知っているのに、何故何も言わないんだ。

「言っただろ、父は馬鹿じゃない」

「放任主義なの？　……いやいや、でも流石に貴族の令嬢を国外追放するのは止めるだろ」

「俺に考えがあると思って何も言わないんだろう」

「出来すぎる息子を持つと、親も大変だね」

「俺はまだ何一つ実績を残してない」

デュークは苦笑する。……どれだけ優秀でも実際に行動しないと意味ないってことか。

彼の瞳が太陽の光に照らされて、青く光る。晴れた青空のような目に思わず見惚れる。

こんな目でずっと見られたら、男女問わず魅了されてしまいそうだ。

黄金の目をしたアリシアの瞳も本当に綺麗だ。貴族は目が美しいと決まっているのか？

アリシアは僕の灰色の目を知的だと褒めてくれたけど、僕は自分の目を好きだと思ったことがない。

「そういや、デュークの目も特別なの？」

「俺の目も、ってどういうことだ？」

質問の意図が通じなかったのか、デュークは眉をひそめる。

「じっちゃん曰く、アリシアの目は特別らしい。意識すれば、とんでもなく速いものがスローモーションに見えたり、かなり遠くのものが見えたりするみたい」

なんて説明したらいいのか適切な言葉が見つからない。そもそも人の目を僕が説明するのも少し変な話だけど。

　デュークは暫く考えた後、口を開いた。

「そういう意味で言うなら、俺は普通だ。一瞬見たら大体のことは把握出来たりするけど、アリシアほどじゃない」

　それは十分特別じゃないか？　デュークにとっての普通は、凡人にとって特別だ。

「昔、アリシアが速読している姿を見たことはあるが、あれは凄かったな。あ、でも鳥肌が立ったのは林檎事件だな」

「何それ？」

　アリシアは幼い頃の話をほとんどしないから、彼女が一体どんな幼少期を過ごしていたのか僕は知らない。

　初めて会った時から、魔法が使えて、それにあの身のこなしだ。相当な努力をしているはず。なのに、彼女に一度聞いた時、小さい頃の自分は手に負えない我儘女だった、と言っていた。

　……謙遜とは思わないが、それが本当だったとも思えない。

「アルバートの腰から剣を抜き取り、上から落ちてきた林檎をスパッと真っ二つに切ったんだ」

「……はぁ⁉」

　思わず大きな声を出してしまった。

「それって、何歳の時？」

「七歳？　ぐらいだったかな」

「信じられないんだけど。そもそも七歳の女の子が剣を持ち上げられるなんて……」

「持ち上げるだけじゃなくて、彼女はちゃんと剣として使ったからな」

そう言って、得意げにデュークは笑った。

悪女になりたいと志して、そこまでのことが出来るものなのか。全身がブルッと震える。

「アリシアって、やっぱり只者じゃないね」

僕は彼女のその凄まじい才能に、無意識に口の端が上がった。

現在十五歳　ウィリアムズ家長女　アリシア

向こうがどう動くのか、観察する。

もっと勢いよく飛び出してくるものかと思ったけど、案外間合いを取ったまま じりじりとこちらの様子を窺っている。

ライオンが一歩ずつ私に近づいてくると同時に、だんだん観衆の声が小さくなっていった。辺りは何とも言えない緊張感に包まれる。

全く作戦を考えていなかったから、これからどうしようかしら。向こうが先に動いてくれないと、私が動けないのよね。下手に動くと絶対にやられるもの。

「もっと凶暴だと思ってたけど、案外大人しいのね」

仕方なくライオンを挑発してみた。その瞬間。

相手は目の色を変えて、全力で私に向かってくる。観衆も一気に沸いた。

「前言撤回」

嘘でしょ……ここはもう少し見合う場面じゃない!?

思わず私の顔が引きつった。

相手の隙を見つけるのよ。ここで逃げたら殺される。ライオンの方が圧倒的に足が速い。

「あの小僧、全然動かねえぞ」

「ライオンが向かってきてるのに気付いていないんじゃないか」

うるさいわね、こっちは集中してるの。

ライオンが私に襲いかかろうとした瞬間、その下にすべり込んだ。短剣を繰り出そうとしたが、反応が思ったより早く、すぐに体勢を変えられてしまう。

もっと鈍いライオンだったら良かったのに！

まさか私がそんな動きをするとは思っていなかったのだろう。一瞬で会場が静まり返る。

……こんなことでいちいち驚かないでよ。まだ一撃も与えていないのに。

ライオンは容赦なく次の攻撃を仕掛けてくる。

私は大きく後方宙返りをして、うまく攻撃をかわした。「嘘だろ」という声が耳に届く。

七歳からずっと筋トレや剣術の鍛錬に励んできたのよ。これぐらい当たり前よ。というか、真の悪女ならこれくらい出来なくてどうするのよ。

ちらりと国王様を一瞥した。

あら、そんなに驚いた顔で私を見ていただけるなんて光栄だわ。ここで彼に気に入ってもらえれば、ラヴァール国の政治情勢を知る機会が一気に増えるはず。

「頑張るのよ、私」

自分にそう言い聞かせて、短剣を握り直した。と同時にライオンの目がギラッと光る。

彼は私を威嚇するような声を上げた。

ライオンの咆哮をこんな近くで聞くなんて貴重な体験ね。これからは自慢するわ。

ギュッと剣を持った手に力を込める。ライオンが凄まじい速さで向かってくるのを避け、急所に狙いを定める。噛み殺されないよう必死に彼の気配を追った。

「あいつ本当は目が見えているんじゃないか⁉」

「あの小僧、ライオンよりも動きが速いぜ」

実物のライオンって想像よりも大きいのね。あの爪が腕に刺さったら再起不能になりそう。

たてがみも迫力があって、鋭い大きな牙、これぞ百獣の王ってわけね。

……そういや昔、本で読んだけど、狩りをするのは雌の方なのよね。

「あなた、ヒモなのね」

ライオンの方を向きながら軽く嘲笑する。

私の言葉が通じたわけではないと思うけど……相手がひと際大きく動く気配がした。

――ここだ！

私は短剣を思い切りライオンの前足にぶっ刺した。ライオンはガクリとその場に崩れ落ちる。

場がしんと静まり返る。が、すぐに歓声が上がった。

「小僧がやりおったぞ！」

「夢じゃないよな？」

「あんな小さい子どもがまさかこんなに戦えるなんて……」

私は息切れしたライオンにゆっくり近づく。

足を引きずってでも逃げればいいのに、どうしてそんな諦めた表情を浮かべているの。

本当に野生動物？

「クスリ切れだ」

会場の柵の中にいた人間がボソッと呟いたのが聞こえた。

……クスリ？

一体何の？　まさか、この場に連れて来るのにそんな手段を取っていたと？

そっとライオンに手をやる。その瞬間、目が合う。

周りの音が急になくなって、そこだけ時間が止まったような感覚に陥った。

野獣の目ではなく、ライオンは助けを求めるような目で私を見ている気がした。触れた手からその記憶が脳に流れ込んでくる。

まだ生まれて間もない頃に親を人間に殺され、ここに見世物として連れて来られる。それから意に反してクスリを投与され、より凶暴にと育てられる。

……なんなの、これ。伝わってくる思いがあまりにも悲しく、苦しい。

本来、自由に駆け回っているはずのライオンが小さな檻に閉じ込められ、縛られ、さらに人間からのたくさんの暴力……。

「何ボーッとしてるんだ！　早くとどめを刺せ！」

「殺っちまえ！」

本当、馬鹿馬鹿しい。

あなたも可愛想ね、人間のおもちゃにされて。ボロボロになって、それでもまだ戦い続けているのに、誰一人褒めてくれない。助けてくれる者もいない。

「早く殺せ！」

「見えてねえのかよ！」

うるさ………え？

突然会場が静かになった。皆が集中している方へ視線をずらす。

……流石だわ。国王が手を上げただけでこの会場にいる全員が口を閉ざす。つまり、それだけ国王に力があるということ。王が民を制している。

「これが、ラヴァール国の王」

私を試すような目で見る国王を見つめながら小さく呟いた。

どうしたらいいのかしら。

私はライオンの方に目を向ける。勝負がついた今、この子を殺すことに意味はない。ならば――。

「あの、国王陛下！」

私は国王の方を向き、大きな声を上げる。

「僕はライオンを殺せない。けど、ライオンも僕を殺せない。だから、引き分けということにしてもいい？」

周りが再びシンと静まり返る。

血の気が引いた顔で「お前何言ってんだ！」と叫びながら衛兵が私の方へ走ってくる。

「国王陛下になんて口きいてんだ、このクソガキ！」

「身のほど知らずが！」

「ああ、もう、外野は黙ってろよ！」

野次に対して私は声を荒らげる。

「このライオンを僕に手当てさせて。必ず従えてみせる。仮にもし死なせてしまったら、僕も死ぬ」

どうして私、ここまでこのライオンに入れ込んでいるのかしら。自分でも分からないわ。

けど、ライオンを従えたら私は悪女としてさらにパワーアップするわ。そうよ、悪女がライオン一匹従えられないでどうするのよ。

「面白い小僧だな。良いぞ」

あら、素敵な声ね。……って、ええ!? 今の国王様の声？

国王様の方をじっと見つめる。愉悦の笑みを浮かべているのがわかる。

まぁ、私達は見世物だものね。王族が楽しめればそれでいい。それが存在価値だもの。

私がいた入り口の柵の奥にいた支配人が物凄い形相で私を睨んでいた。

「お前、名は何という？」

国王様に問いかけられた。

「リア」

「リアか、気に入った。俺の元へ来い」

観衆達が一気に驚きの声を上げる。「陛下、考え直してください」とたしなめる様子も聞こえてくる。

……やったわ。国王に近づけるチャンス到来！

「あ、っと、王様！ ライオンも一緒だよな？」

「勿論だ」

有難うございますって言いそうになったわ。私は今、礼儀を知らない子どもなのよ。

つい設定を忘れそうになる。

そうして大騒ぎの会場を後にし、私はライオンと共に誰も使っていない小屋に入れられた。どうやら王宮のどこかの一角みたい。

というか、ここまで辿り着くの、早すぎない？　王様に近づくまで、二、三か月はかかると思ってたわよ。

私はライオンの方をチラッと見る。ぐったりとその場に寝ころび、疲弊しているのが分かる。

刺した所は応急処置で包帯を巻いただけだ。

「痛みを取ってあげるわ」

この狭い小屋には私とライオンしかいないし、一瞬だけ魔法を使っても大丈夫よね。

私はパチンと指を鳴らす。

ライオンの足の傷が薄く黒いオーロラのようなものに包まれる。傷が治っていくのと同時に、毛の色が何故か黒く染まっていった。

「何これ……」

私、いつから美容師みたいな真似が出来るようになったの？

クスリを投与されているのをついでに浄化して、本来のあるべき姿に戻ってってって願っただけなのに！　私の魔力が彼の体に染み込んでいるからかしら。

あれよあれよという間に、猛々しい黒いライオンが私の目の前に凜と佇んでいた。ギラリと金色の目が光る。

な、なんて格好いいのかしら！

これぞ悪女が従えるに相応しい動物だ。私は興奮した目で彼を見る。

「貴方に名前はあるのかしら？　そうね……私が貴方を呼ぶ時は……ライよ」

手を伸ばし、彼の毛並みを優しく撫でる。

ライオンは私の言葉を承諾したかのように、ゆっくりと頭を下げた。

……中身、実は人間でしたってことはないわよね？

流石乙女ゲームの世界というべきかしら。ライオンが賢いわ。……もしかして、最近頑張っている悪役令嬢の私に神様が送り込んでくれたプレゼントとか。

「貴方を死なせないって国王様に言ったのは良いんだけど……まさか黒くなるなんて想像もしていなかったわ」

私がそう呟くと、ライは私の言葉を理解したのか、フッと元の姿に戻った。黄土色の毛をしたごく普通のライオンだ。

なんて便利な設定なのかしら。というか、私の言葉を理解しているみたいね。

「どっちが本当の姿？」

尋ねてみると、ライはまたフッと真っ黒い毛をしたライオンになる。

……そっちが本物なのね。

魔力をちょっと分け与えただけで、そんな姿になるのね。闇魔法、滅茶苦茶使えるじゃない！

ライオンに乗って、サバンナを駆け巡るのとか夢だったのよね。

「さっきまで戦っていた相手とは思えないわね、私達」

本気で命を取ろうとしていたのに、今こうして仲良く窮屈な小屋の中にいるって不思議だわ。

この世界の歴代悪女のなかでライオンと仲良くなった人間なんているのかしら。

流石にライオンを従えた悪女なんて私ぐらいじゃない？

しかも黒ライオンよ！　これこそ歴史に残るじゃない。

「ここで待っていろ」

朝、一人の衛兵が小屋にやってきて、私を王宮の中に案内してくれた。

ここがどこか分からないけれど、この国の王宮がとてつもなく広いことは分かる。

デュルキス国の王宮よりも大きいわよね……。一体どこにそんな資産があるのかしら。

とても頑丈そうな大きな扉の前で私はじっと待機する。

「なんで俺があんなガキのお守りしねえといけねえんだよ！」

部屋の中の声がこちらにまで届いてくる。この扉の意味は……ないわね。

それと同時に衛兵の困った声も聞こえてくる。

「国王様の決定ですから」

「あんのクソ親父(おやじ)！　自由すぎだろ！」

「ですが、ヴィクター殿下(でんか)！　昨日の戦いをご覧になりましたよね？　きっとあの少年は役に立ちます！」

あら、いいこと言ってくれるじゃない。

自分で言うのもなんだけど、私は必ず戦力になると思うわよ。なんたって、国外追放されるぐらいの悪女だもの。……まぁ、ほとんどデューク様のおかげだけど。

「だから、厄介(やっかい)なんだよ」

……あら、もっと馬鹿で横柄(おうへい)な王子なのかと思ったけどそういうわけじゃないみたいね。

「どういうことですか？」

「考えてみろ、あんな戦闘(せんとう)能力があるのに闘技場(とうぎじょう)なんかにいるような奴(やつ)だぞ？」

この扉、本当に意味あるのかしら。

会話が丸聞こえなの、教えてあげた方が良い気がするわ。……それとも私の耳が人より良いのかしら。

昨日も、遠い席の人が何を言っているか聞こえたし……やっぱり私、目だけでなくて耳も良いわよね？

「どうしますか？」

「面倒だが、親父の命令なら逆らえない」

「……では、通してよろしいですか？」

「ああ」

そう言い終わった後、すぐに目の前の扉がガチャリと開いた。衛兵が顎をクイッと上げて私に中へ入れと合図する。

すっと背筋を伸ば……しちゃダメなんだったわ。ここでは令嬢じゃないもの。いつもの癖って怖いわね。

私はだるそうに部屋に入る。

王子様は……短髪なのね。近くで見るとすっごい顔が整ってる。

さっき布に魔法をかけておいたおかげで彼の顔がよく分かる。……むしろ細部まで知らない方が良かった。この美形は体に毒よ。

それに、なんでここのイケメンって睫毛長い人ばっかりなのよ！　前世キリンなの⁉

女の子の立場なくなるじゃない。

「よう、ガキ」

椅子に座り、大きな机の上に足をのせた王子が私に圧をかけるように言葉を発する。

いきなり高圧的な態度ってわけね。上等だわ。

「よう、王子」

ここで負けてはいけないと思い、嘲笑しながら返してやった。

「おい！　身分をわきまえろ！」

衛兵が大きな声で私に怒鳴る。その台詞、いい加減聞き飽きてきたんだけど。

「身分なんてクソの役にも立たないのにひけらかすなよ」

私の反論に王子の目の色が変わる。どうやら少し興味を示したみたい。

「言うじゃないか」

「それでもここにいてあげてるんだからさ。で、何の用？」

「……お前のその目隠し、本当に見えていないのか？」

緑色の目が疑い深く私を見据える。

やっぱりそうくるわよね。私も彼の立場ならそう質問するわ。

……昨日の決闘でもかなり攻撃をかわしているもの。絶対に私のこの布が演出じゃないかって疑っている人間も多そうだわ。

「答えないのか？」

「うーん、何て言ったらあんた達は信じるのかな？」

「その挑発的な態度、やめた方が身のためだぞ」

「殴られる？　蹴られる？　刺される？　ここの王子はたかがガキの言葉に腹が立って、暴力を振るうんだ？」

まずは挑発だ。

ラヴァール国の王子の質を見せてもらおうじゃない。

「ハッ、威勢のいいガキじゃねえか」

彼は口元をくっと上げて笑う。

「俺は、ハリスト・ヴィクター。この国の第二王子だ」

ということは、ロン毛の方がお兄様ってことね。ただの偏見だけど、何故か短髪の貴方の方が弟かなって思っていたわ。当たりね。

「僕の名前はリア」

「それだけか？」

「それ以外に言うことない」

「本当に生意気な小僧だな」

ヴィクターは席を立ち、私の方へと向かってくる。

一瞬で私の所に来るなんて、一体どんな足の長さしてるのよ。モデルか何か？

……気配で分かるけど、かなり身長が高い。

品定めするかのような、鋭い視線が刺さる。

ちょっと、いつまでもじろじろ見てんじゃないわよ。今までも色々な圧を経験してきたけれど、この圧は……苦手な類だわ。

彼は暫く無遠慮に見た後、私の手をガッと力強く摑んだ。

「細いが、良い筋肉をしているな」

「離せよ」

ヴィクターは私を摑んでいる手にさらに力を込めて、グッと自分の方へと引き寄せる。

目隠しで私の目は見えていないはずなのに、がっつりと王子と目が合っているようだ。

なんか嫌な予感しかしない。心臓の音がうるさくなるのが分かる。

「……お前、女か？」

低い声が部屋に響く。

秒でバレたじゃない、私。

割とうまく男装出来ているって思ってたのに。

「殿下、何をおっしゃっているのですか。どっからどう見ても男ですよ。こんな女いな」

「うるせえ」

ヴィクターは一瞬で衛兵を黙らせる。

口は悪いけど、結構迫力のある王子ね。ただ甘やかされて、だらだらと育っただけじゃないみたい。

「その目が見えないっていうのもますます怪しくなったな」

誰も見えないなんて一言も言っていないけど、こういう時は何も言わないのが一番。

目の前でヴィクターからの物凄い圧を感じるけれど、私は決して口を開かない。

暫く沈黙が続いた後、ヴィクターは静かにため息をつく。

「下がれ」

それは衛兵に言った台詞だとは分かっていたけど、私も便乗して一緒にその場を離れようと身を引く。

この王子は危険だわ。早くここを去りましょう。

「お前は残れ」

ヴィクターは私の腕を掴む力を強める。

衛兵は少し不服そうな表情を浮かべながらも、ヴィクターの言葉に従い、部屋から出て行った。

……なにこの展開。

ヴィクターは衛兵の気配が完全になくなるのを確認した後、手を離した。そのまま、机に腰かける。

またも私のことを見透かすようにじっと見た。

嫌いだわ、この視線。自分のことを知られたくない人間に限って、探るのがうまい。

「お前、親父に気に入られることは想定内だっただろ？」

さっきより低い声でヴィクターは言う。

気に入られないといけないって気持ちはあったけど、気に入るか否かは国王様次第だ。

確信はなかったけど、一か八かのチャンスに賭けたってところかしら。

「……一体何者だ？」

「貧しいガキのリア」

「面白くねえ解答だな」

彼は大きく舌打ちする。

逆になんて答えてほしかったのよ。

「お前、臭いな」

女の子だと疑ったその口で、そんなこと言うなんてデリカシーなさすぎない⁉

嫌われるわよ。……まぁ、顔が良いから女には困らないんでしょうけど。

「脱げ」

ヴィクターの強い声が部屋に響いた。

……今なんて言ったの？

私の聞き間違いかしら。ハゲって言ったのよね？

「ライオンと戦う度胸があるんだ、俺の前で裸になるぐらい簡単だろ？」

ヴィクターが私を挑発するようににやりと笑う。

待って待って、私の裸なんてどこに需要があるのよ……じゃなくて、流石に知らない男の前で裸になんかなりたくないわ。

「お前、このままだと男ばっかりの浴場に放り込まれるぞ？」

「どういうこと？」

「まさか……風呂に入らないつもりだったのか⁉　こんなに汚くて臭いのに」

ぶっ飛ばすわよ。

「兵士はまとめて大きい浴場を使うんだよ」

「僕は兵士じゃない」

「ああ、もっと下の奴隷に近いな。ここでは兵士なんて夢のような職業だ。それを親父はどういうわけか、お前を兵士にしろと言ってここに連れてきた」

ちょっと待って、初耳よ⁉

国王様から直接話を聞く時間なんて少しもなかったし。

「ま、いっか。お前は時間をずらして風呂に入れ。……あ〜あ、なんで俺がてめえみたいなガキに気を遣わないといけねえんだよ」

そう言って、ヴィクターは頭をガシガシと乱暴に掻く。

なんだかんだ言って、優しいのね。私、もっと酷い扱いを受けると思っていたわ。

奴隷用の焼き印を押されるとか、重い足枷で縛られるとか……そんな感じを想像していた。

「お前みたいな異端児は周囲から要注意人物として見られるから気をつけろよ」

まぁ、それはそうよね。

たとえ闘技場で拾われたのだとしても、他国のスパイと思われる可能性が十分にある。

そして、実際私は密偵みたいなものだもの。

「分かった」

「……もう下がれ」

「風呂はどこ？」

「あ？　……ああ、もう、まじでめんどくせえ。ついてこい」

ヴィクターは物凄く不機嫌そうな顔をしながら、私をお風呂まで案内してくれた。

衛兵に頼まないのね。

私は置いていかれないように、彼の後を追った。

「ここが、風呂だ。俺が見張っててやるからすぐ入ってこい。五分だけ待ってやる」

ヴィクターは汚れ一つない新しい服を私に投げつける。

あら、良い匂い。やっぱり王宮で洗濯されている衣類って綺麗ね。

「なんで俺がこいつのために動かないといけないんだよ」

ぶつぶつ文句言っているけど……、めっちゃ良い人じゃない！

「有難う」

短くお礼を言って、風呂場へ向かった。

……でかすぎない？

脱衣所の奥に大浴場が見える。一体何人の人間が入れるのかしら。ここを貸し切りに出来るなんて、贅沢すぎない？

髪や体についていた炭も全部綺麗に洗う。もともと髪質が良いから、水で流しただけで、髪の毛もサラサラになる。黒く汚れた水が排水溝へと流れていった。

元は自分で汚したとはいえ、かなり汚かったのね……。私、よくこんな姿で王子の前で堂々と出来たわね。自分で自分を褒めたいわ。

お風呂から上がり、新しい服に着替える。

「あれ？　……ない」

目を隠すための布がなくなっている。いや、布だけじゃなくてさっきまで着ていたボロボロの衣服が全て消えている。

汚いから持っていかれたのか、ヴィクターの思惑なのか……。

後者のような気がするのよね。わざわざここまで連れてきたってことはよっぽど私の正体が気になったってことかしら。

五分と言われていたのに、ちゃっかり湯舟にも浸かっていたからかなり時間が経っている。

……あんな大浴場見たら誰でも入りたくなるわよ。仕方ないわ。悪女だし。

それに、外にはヴィクターが待っている気配がない。今なら何もせずに出ても大丈夫よね？

私は顔を両手で覆いながら外に出た。

「遅い」

出た瞬間、苛立ったヴィクターの声がする。横目でちらりと窺うと、壁にもたれかかった彼がいた。

やっぱりいるわよね、そうよね。まだ安全だと思えない人間を野放しにするわけないわよね。

「目を覆う布切れがなくなったから、探して」

「ああ、これのことか？」

私が全部言い終える前に、ヴィクターが右手で汚い布切れをひらひらとさせる。

やっぱり貴方の仕業ね。

「早くその手、どかしたらどうだ？」

その余裕っぷりがムカつくわ。悪女は狼狽えてはいけないのに、今の私はかなりピンチだ。

「目に怪我を負っているのなら、特別に医者を呼んでやろう。見せてみろ」

「い、嫌だ」

「あ？　この俺に逆らうのか？」

ヴィクターは私に鋭い目を向ける。

……冷静に考えるのよ、私。

そもそも、私が目を隠していた理由は黄金の瞳を隠すため。

デュルキス国では、かなり珍しい目の色みたいだから、って思って隠していたけど、もしかしたらこの国ではそうじゃないかもしれない。ラヴァール国の目の色の比率なんて知らないけど、この瞳の人間が大勢いる可能性もあるわ。

「それにしてもお前、小綺麗にすると、様になるな」

そりゃ、まぁ、令嬢ですし？

「華奢な骨格だし、肌も綺麗、髪も艶やか……」

ヴィクターが顔を近づけ、まじまじと私を観察してくる。

「やっぱ、顔見せろ」

そう言って、ヴィクターが無理やり私の手を顔からはがそうとした。

反射的に、彼の腕を蹴り、そのまま私は床に手をついてバク転で後ろに下がる。

「「あ」」

私とヴィクターの声が重なる。うっかり顔から手を離してしまった。

咄嗟の反応でこんなことになるなんて大失態だ。

「お前、腹立つぐらい美人だな」

「最初に言う感想がそれ？」

本当に女だったんだな、とか、なんで左目ないんだ、とかもっとあるでしょう。

「やっぱり、王子っていうのはこのぐらいのことじゃ動揺しないのね」

ヴィクターを騙し続けることは諦めて、本来の話し方に戻す。

「動揺してるに決まってる。臭い少年が、美少女だったんだぞ？」

「臭くて悪かったわね」

「安心しろ、今はもう臭くない」

ヴィクターは私の方へゆっくり近づいて来る。逃げたいのに、逃げたところで行き場がない。

彼の手が私の顔の方へと伸び、そのまま、あごをクイッと持ち上げられた。

「黄金の目か……。片目だけでよくあんな動きが出来たな。しかも目隠ししたままで」

彼はそう言って、手にしているぼろい布にチラッと目を向ける。

「私をどうするの？」

「お前が害ある人間かそうでないかが分からないからな。だが、面白い。俺の退屈しのぎに付き合え。そうしたら女だってことは黙っててやる」

「私の正体を明かさないのはどうして？」

「言っても俺に得はないしな。だが、この布切れは臭いから新しいのにしろ。あと、普段は男らしく髪の毛もぼさぼさにしておけ」

女の子に対して、さっきから臭い臭いって言いすぎじゃない？

けど、少し驚いた。正直、もう城から出て行けって追い出されるかと思ってたもの。

「本当の名前はなんて言うんだ？」

「……アリシア」

顔を見せた時点で名前を知られても問題ないわよね。デュルキス国の貴族令嬢ってことだけバレないようにしなきゃ。

「アリシアだからリアか」

ヴィクターは納得するように頷く。

「一つ確認する。お前はデュルキス国の……貴族か？」

うっ、いきなり核心を突かれたわ。私の名前はまだ言わない方が良かったかしら。デュルキス国の貴族情報ってどこまで知られているもの？

でも、ほとんど国交はないわけだし、王家の家族構成ぐらいは知られていても、五大貴族の娘の名前までは知られていないわよね……。なんて答えるのが正解なのかしら。

私は少しの間考えて、口を開く。

「……貴族だとしたら、私はとんでもない悪女じゃない？」

わざとらしく口角を上げて、誇らしげに私は笑みを浮かべる。

「は？」

「重罪を犯さないと国外追放になんてならないでしょ」

「……なんでそれをそんなに嬉しそうに言うんだ？　……まぁ、いいか。おかしな奴ってことには変わりない」

失礼ね。私のどこがおかしいのよ。

「……ちなみに、この国の人間は貴賤に限らず皆古語を喋れるが、お前は話せるのか？」

突然のヴィクターの質問に私はきょとんとなる。

古語？　……私の得意分野じゃない！

二年間小屋に閉じこもっていた時に、全ての国の古語を覚えたんだから。

『新しい布切れはどこで手に入るの？』

得意満面に古語で尋ねると、彼の黄緑色の瞳が散瞳した。

……どうして驚くのよ。この国では当たり前なのよね？

『ついてこい』

少し間があった後に彼も古語でそう答えた。

「ちっ、この国の参謀でも古語なんて使えねぇよ」

ヴィクターが何かぼそりと呟いたみたいだが、聞き取れない。

まあいいかと私は歩き始めた彼の背中を追う。

ヴィクターに新しい布を手渡されたので、それで目を覆い、頭の後ろで結ぶ。

……前のやつよりも断然周囲が見えやすいし、綺麗だし、質も良い。そして、臭くない。むしろ良い匂いがする。

「お前にはこれから兵士としての訓練をしてもらう。さらに勉強もしてもらう。……あと、遠征があった時の俺の護衛もだ」

あまりにも高条件すぎて、思わず首を傾げてしまった。

訓練もして、勉強も出来て、さらにこの国のことを知ることが出来る遠征にまで行けるなんて……。

ああ、神様、このチャンスを私に下さってどうも有難うございます。感謝してもしきれません。

「兵達も悪い人間じゃないが、お前みたいな小僧はやる気がないと思われて最初は虐められるかもしれないから覚悟しとけよ」

虐められる側なのは初めてね。悪女はいつも虐める側だもの。

ふふんと微笑む私に、ヴィクターがイラついた顔をしながら睨む。

「お前、俺の話聞いてんのか？」

「うん。心配してくれていることはよく分かった」

「その余裕っぷりが腹立つな」

余裕なんてあるわけないじゃない。ラヴァール国に来てからの私は割と切羽詰まっているわよ。

「そう言えば、あのライオンはどうなったんだ？　まだ生きているのか？」

「おかげ様でだいぶ元気よ」

魔法で完治させて、さらにパワーアップしたなんて口が裂けても言えない。

「お前が飼うのか？」

「ええ。そうしようと思ってる。名前も決めたのよ。ライっていうの。素敵でしょ？」

私が得意げに答えると、ヴィクターが噴き出した。

ちょっと、今の会話の流れでどこに笑う要素があったのか教えてほしいわ。

「なんで笑ってるのよ」

「だって、お前、ライだぞ？　じゃあ、次にライオンが手に入ったらオンって名前にするのかよ。二匹仲良くライオンですってか」

ケラケラと笑いながら、ヴィクターは茶化す。

これは馬鹿に……されているのよね？

可愛いじゃない、ライって名前。ライ麦畑のライよ。サリンジャーも私がつけた名前に納得するはずだわ。

「そんな不貞腐れるなよ。俺様が笑ってやったんだ、喜べ」

私、こんなやつに弱み握られたのよね。なんだか自分に落ち込むわ。

……どこの王子も私より一枚上手なのがムカつくのよね。必ずヴィクターもデューク様も追い越してみせるんだから。

「ああ、それと、王宮にある一番高い塔には近づくなよ」

「それって私に近づけって言っているような……」

いわゆるフラグってやつでしょう？　と、途中まで言いかけて私はハッとヴィクターの意図に気付く。

「絶対に行かないわよ！」

「さぁ、どうだろうな」

彼は口角を上げる。

こういう言い方をすれば間違いなく私が塔に近づくだろうと思って、彼は言ったのだろう。

すっごい気になるじゃない。滅茶苦茶行きたいわよ。

……でもそれじゃ、ますますヴィクターの思い通りになるだけじゃない。

でも、塔には何があるのかしら。誰か閉じ込められているのか、それとも……罠？

「おい！　新人、俺の話を聞いてるのか！」

突然の大きな声に私はハッと我に返る。

目の前にいかつい顔がドンッと現れた。……なんとまぁ、渋い顔なのかしら。そんな眉間に皺を寄せていたら幸せが逃げていくわよ。

「さっきからぼーっとしやがって。ただでさえその目隠しで何考えてるかわからないんだ。やる気がないならママの元へ帰るんだな」

ごもっともだわ。一人だけ怠けた奴がいたら一気に規律が乱れるもの。

「申し訳ございませんでした！」

声を張って、私は深く頭を下げた。そうよ、私はここにうまく潜り込み、ラヴァール国の秘密を暴かないといけないのよね。

まさか私が素直に謝るとは思っていなかったのか、男は急に機嫌良さそうに声を掛けてくる。

「……新人、名前は？」

「リア」

「俺はマリウス、リード・マリウスだ。この隊の隊長だ。いいか、この隊はヴィクター王子の特別部隊だ。この隊に入りたくて世の中の兵達は死にもの狂いで頑張っている。……それをどういうわけか、王子はこんな訳の分からんガキをぶっこんできた。一体何を考えているのやら」

「実力を示せばいいんだろ」

私の言葉にマリウス隊長は顔を引きつらせる。

……あ、怒らせてしまったみたいだわ。別に男装したままで人を怒らせても悪女ポイントは上がらないのに。

「言うじゃねえか、新人。お前、今から腕立て二百回だ」

「え」

それだけ？　腕立て二百回だけでいいの？　千回くらいじゃないと何の罰にもならないんじゃない？

「怯えているぜ」

「隊長もひでえよな。あんなガキに、入ってきてそうそう腕立てやらせるなんて」

「あいつは一週間ももたないに賭けるぜ」

「いや、三日だろう」

「俺は一日だと思うぜ」

次々と兵達が賭けを始める。

どれだけ根性なしだと思われているのかしら。失礼しちゃうわね。

「失敗したら一からやり直しだ」

「おい、あんまり新人を」

「二百回でいいの？」

クリーム色の短髪の男がマリウス隊長を止めようとしたのを自分で遮る。

隊長に意見するなんて、多分副隊長かしら。隊長より細身だけど、良い筋肉をしている。

おかしなことに、どれだけ頑張っても私は全く筋肉がつかないから羨ましいわ。

「おい、君もあんまり煽るな」

「おもしれえじゃねえか。じゃあ新人、五百回、連続で腕立てしろ」

「分かった」

私はその場に手をついて、腕立ての姿勢になる。

「あと、お前、ちゃんと敬語使え」

上からマリウス隊長の言葉が聞こえる。

「分かりました」

私は素直に返事をして、その場で腕立てを始めた。

「お、おい、まじかよ……」

「あんな細い腕のどこに筋肉があるんだよ」

「三百九十八、……三百九十九、四、百……。四百一」

周囲がざわつき始めると共にマリウス隊長がたじろいでいる様子が分かる。

私はポタポタと地面に落ちる汗を見ながらひたすら腕立て伏せをした。

……久しぶりだからか、ちょっときついわね。

けど、七歳からずっと鍛えてきたのよ。出来ないことはない。

「四百十一、四百十二、……四百十、三」

「全くペースが乱れない。……なんて根性なんだ。流石ヴィクター王子の鳴り物入りなだけあるな」

副隊長であろう男が呟く。

……私がヘマをしたせいで他人の面目丸つぶれとか絶対に嫌よ。たとえそれがあのヴィクターでもね。私のプライドが許さないわ。このままのペースで最後までやってやるわよ。

「……四百四十七、四百、四十八」

「無理するな。ペースダウンするか？」

「いい」

歴史に名を残すために、日々奮闘（ふんとう）してようやくここまで来たのよ。こんなところでくたばってはダメよ、アリシア。

自分を鼓舞（こぶ）して、さらに腕に力を入れる。

「あのガキ、ペースアップし始めたぞ」

「信じられねえよ」

誰も本当の私が気位が高く、孤高（ここう）の悪役令嬢になろうとしているなんて思わないでしょうね。

「四百八十三、八十四、八十五、八十六」

「なんでどんどんスピード速くなってんだよ」

「超人（ちょうじん）……ってレベルじゃねえ」

どんどん周りがうるさくなる。その中には応援（おうえん）の声も混ざり始めた。

「チビ！　お前なら出来るぞ！」

「頑張れ！　もう少しだぞ！」

さっきまで敵視されていたとは思えない。孤高の悪女でも、声援（せいえん）は嬉しいものね。

「九十七、九十八、九十九、五百……」

お、終わった――。私はその場にべたりと寝そべる。

汚いって言われても、威厳がなくなるって言われてもいいわ。どうせ今の私は少年の格好だもの。さすがに休憩しないと、立ち上がれない。

「あんな華奢な体で……」

「あ、あいつ、やりきったぞ……」

「……本当に五百回」

「うおおおおお！　チビ！　すげえぞ！」

「お前、やるじゃねえか！　見直したぞ」

「おチビ！　今日からお前も俺達の仲間だ！」

次々と歓声が上がる。私はどうやらガキからチビに昇格したみたいだ。

まるで戦いで勝利を収めたような喜びようね。

……というか、どうして私より彼らが喜んでいるのかしら。歓喜の声を上げるのは私のはずなのに。

「よくやったな」

そう言って、マリウス隊長が私に手を差し出す。

その手をしっかり握り、彼に支えられながらなんとかその場に立つ。スゥッと息を吸って呼吸を整えた。

「有難う、ございます」

「まさか、お前がこんなに気骨のある奴だとは思わなかったぞ、おチビ」

「僕、リアって名前が」

「これからもっと鍛えてやる」

私の言葉を無視して、隊長は嬉しそうな表情で力強くそう言った。

ガキよりもチビって言われる方がましだし、皆楽しそうだから、……もう訂正しなくてもいっか。

「私の名前はガリウス・ニールだ。この隊の副隊長をしている。あんな無茶な腕立てをよく頑張ったな」

比較的物腰が柔らかなこの方はやっぱり副隊長でしたね。

「ニール副隊長、有難うございます」

「今まで一体どんな訓練をしてきたのか是非聞いてみたいものだな」

ニール副隊長は目を光らせる。

「副隊長、まさか俺達にも同じことをさせようと……」

「待て、チビ、何も言うな！」

彼の考えを察したのか、兵達が急に声を上げる。

ニール副隊長って、優しそうに見えて案外鬼なのかしら。まぁ、鬼の方がより強くなれるからそっちの方がいいわね。

「よし、早速訓練を始めるぞ」

マリウス隊長が声を掛けた。一瞬で彼らの表情が兵士のそれへと変わる。

……オンとオフの差がしっかりしていて素晴らしい隊ね。

「チビ、お前ももう動けるか？」

「はい！」

私は威勢よく返事をして、訓練に挑んだ。

流石に今日は疲れたわ……。

兵士の訓練があんなにハードなものだと思わなかった。

なんとか全部こなせたけど、ラストにほぼ全力で五キロ走れって言われた時は、ちょっとくじけそうになった。なけなしの体力で走りきったけど、これから毎日あの訓練があると思うと……。

私が幼い頃していた鍛錬もなかなかのものだと思っていたけど、それとは比べものにならない。やっぱり、王子直属の隊は特別なのかしら。

私はすやすやと気持ちよく眠っているライの隣に横たわる。黒くふさふさした毛並みが気持ちいい。

　今日はぐっすりと眠れそうだわ。

　……そういえば、昔魔法でライオンに変身しようと思っていた時期もあったわね。あの時は魔法のスランプで、うまく使いこなせなかったのよね。

　私はそんなことを思いながら瞼を閉じる。

「おやすみ、ライ」

　小さくそう呟き、ライの隣でぐっすりと眠りについた。


　チュンチュンとさえずる小鳥の声で目が覚める。私は着替えて、ライを起こさないように小屋の外に出た。

　……まるで漫画みたいな朝の目覚め方ね。

　訓練まではまだ時間がある。

「あの塔に行きたいわね」

　思い立ったが吉日。いつの間にか私は塔の方へと足を進めていた。

　王子の思惑通りってところが気に食わないけど、ずっとモヤモヤしたままなんて悪女の性に合わないわ。

「思っていたよりも遠いわね、あの塔」

一番高いから王宮の中のどこにいても分かるし、目立っているが、いざ行くとなるとそれなりに距離(きょり)がある。

「たっっっか」

辿り着いた塔の前で私は足を止める。誰もがこの塔を前にすれば、きっと出すのはこの言葉だと思う。あまりの高さに首を痛めそうだわ。

塔の中に入ってみて、この世界に来て初めて思ったわ。エレベーターが欲(ほ)しいって。上までずっと螺旋状(らせんじょう)に階段が続いている。

「ここまで来たんだもの。上るしかないわね」

って、かなり上ったはずなのに……。

ずっと同じ光景が続き、ずっと階段を上り続けているが、全くゴールが見えない。

「もしかして、この塔、魔法が使われているんじゃないかしら」

私は小さくそう呟いた。

魔法を解くには魔法を使うしかない。

とはいえ、本当にこの塔には魔法が使われていて、それを私が魔法で解いたなんて情報が王宮の誰かの耳に入れば私の正体が一瞬でバレてしまうわ。

そもそも、ラヴァール国に魔法の使える人がいるかどうかは定(さだ)かではなかったし……。

ただ、国外追放されたウィルおじいさんと共に仕事をしていた三人は少なくとも魔法が使える貴族だったはず。であれば、彼らがこの国にいる限り、魔法を使える人間は存在する。

とりあえず、この塔に魔法をかけた人間がどういう人なのか気になるわね。

でも、今は魔法を使っていい時じゃない。もう少しこの国のことを知ってからじゃないと……。

心の中でため息をつく。今日のところは引き返すしかなさそうね。


「おチビ！　こんなところで何してんだ？」

塔を出るなり、声を掛けられた。

この人は……、昨日一緒に訓練をしていた兵士達の一人だわ。私が五百回の腕立て伏せを終えた瞬間、物凄い歓声を上げていた。

「僕の名前、リアです」

「そうか。俺はジェイコブだ！　よろしくな。それでおチビ、この塔に入ったのか？」

私の話を少しも聞いていない。

「入りました。でも上までは辿り着けませんでした」

ジェイコブは、塔について興味津々(きょうみしんしん)で私に聞いてくる。

「やっぱそうだよな～。ここは誰もが上らされるんだよ」

「上まで行けた人なんているの？」

「俺が知っている限りでは誰もいない」

「もし、行けたらどうなるの？」

「知らねえ。行けた奴を知らないからな。でも色々な噂はあるぜ。出世出来るとか、王から褒美をもらえるとかな。……まぁ、魔法を使える奴が現れない限り無理だろうけど」

「え？　誰か魔法を使える人がいるの？」

意気込んだ私にジェイコブは訝しげな表情を浮かべる。

こいつ馬鹿か、と思っているのが顔に出ているわよ。

「この国に魔法を使える人間はいねえよ」


ここにきて初めて「使える人間はいない」と断言された。

ラヴァール国に、魔法を使える人間はいない――それが何を意味するのか。

学園にいきなり現れた狼は、おそらく転送魔法を使ったもの。てっきり国外追放された三人のうちの誰かの仕業では、と思っていたのに。

これからますます面白くなりそうだわ！

「どうだった？」

部屋の中でヴィクターの声が低く響く。

「やはり塔の上まで上ることは出来なかったようですな」

「そうか。……だが、あいつにはまだ何かあるはずだ。あんな異端児見たことがない。あいつの情報を探せ」

「御意」

……私、調べられていたのね。

というか、本当にこの王宮の扉って意味なくない？

あれから塔の魔法が気になった私は、ヴィクターの部屋に侵入して何か探ってやろうと思ったのよね。そうしたら部屋に入る直前に中から会話が聞こえてきたのだ。

私の耳の良さがおかしいのか、この扉がおかしいのか、どっちかしら。

「引き続きあの少年を監視しましょう」

ヴィクターではないもう一人の男が重い声でそう言った。

何かしら、この扉越しでも伝わってくる緊張感は……。そんなに私って要注意人物なの？

それにしても、前まで監視する側だったのに、今や監視される側ってちょっと複雑ね。監視されてるって知らない方が気楽に過ごせた気がするわ。

リズさんは、監視してたって言われても「有難う、私を見守ってくれてたのね」とか言いそう。なんて想像しやすい思考回路なのかしら、彼女。

「もう下がっていい」

ヴィクターがそう言ったのと同時に、扉の方へ足音が近づいて来る。

まずいわ、どこかに逃げないと……。

私は、咄嗟に近くにあった窓から外に飛び出して、木の枝に掴まり身を隠す。こういう時、小柄で良かったと思う。

扉から出てくる男の姿を確認する。

オールバックにした黒い髪に、よく見慣れた紫色の瞳を持った男。

……お父様？

なわけないわよね。こんなところにいるはずがないもの。

よく見るとお父様よりもかなり年上だ。

「まさか、おじ、い様？」

思えば、おじい様とは今まで一度も会ったことがない。

というか、これまで一度もおじい様の話を聞いたことがなかった。正直、自分のことでいっぱいいっぱいだったのもあるけど、すでに亡くなったと思っていたのよね。

ウィルおじいさんが天才で、ロアナ村に隔離される前までは現国王様を支えていたとするなら、周りにいた人間はウィルおじいさんと同じくらい、もしくはもっと年上だったはず。

なら、可能性はゼロではない？

まだ、おじい様って決まったわけじゃないけど。

「というか、そもそも彼が本当に私のおじい様かどうか調べてみる必要がありそうね」

私はそのまま木の枝を渡りながら地面へ下りた。

定かではないけれど、もし彼が国外追放された一人なら、早いところ残る二人も見つけないといけないわね。

現在十一歳　ジル

「じっちゃん、デュークがじっちゃんをここから出そうとしているんだ」

ロアナ村に足を運び、じっちゃんの住む小屋に赴いた僕は本人に直接そう言った。

デュークは色々あって一緒に来ることが出来ず、僕だけが先に来ている。

「デューク……ルークの一人息子じゃな」

じっちゃんは、デュークが生まれる前にこの村に来ているから、二人は一度も会ったことがない。デュークはじっちゃんのことを知っているみたいだったけど。

「じっちゃんはどうしたい？」

「でも、師匠がいなくなったらこの村はどうなるの？」

じっちゃんが答える前にレベッカが口を開く。

「そうだ、俺達はいつまで貴族のお遊びに振り回されないといけないんだ」

レベッカの隣にいるネイトも口を挟む。

ネイトは、この村の治安を守るために作られた隊の隊長だ。そして、武力を行使してこの村から出ようともしている。前にアリシアと戦った時に彼の強さは知ったが、かなり出来る人材だ。

そもそも、この村に隊なんてものがあったのが驚きだったけど。

……確実にこの村は意志を持ってきている。アリシアとじっちゃんがこの村を変えたんだ。あんなに廃れていた村が今は生き生きとして見える。

僕はまだ何も言わずに悩んでいるじっちゃんをじっと見据える。

「僕はこんな村を故郷だなんて思いたくなかった、……けど、今は違う。全部アリシアのおかげなんだよ。僕の命を救ってこの村から出してくれた。……レベッカの火傷を治し、この村の救世主になるチャンスをあげた。じっちゃんに目を分け与えて、この村の先導者にした。全部アリシアがいなかったら実現しなかったんだ。……だから、僕はアリシアの期待に応えたい。彼女の尽きない向上心は僕に勇気を与えてくれるんだ」

一気に思っていたことを全て口に出した。皆は黙って僕の話を聞いてくれている。

まさか自分でもこんな風に力説するとは思わなかった。けど、アリシアのことを想うと自然と言葉が溢れ出る。

彼女には感謝してもしきれない。彼女は僕の希望なんだ。

「ジル、大きくなったな」

そう言って、じっちゃんが僕の頭を優しく撫でてくれる。

僕はこの手が好きだ。成長した僕を認めてくれるじっちゃんがいるから、僕はまたここへ戻ってこられるんだ。

「わしもそろそろ前に進まんといかんな」

じっちゃんが覚悟を決めたように呟いた。

「出ようか、この村を」

真剣なその言葉に誰もが固唾を呑む。……ついにこの日が来たんだ。

「進むことを恐れていては何も変えられないからな」

「俺達はどうなるんだよ」

ネイトが鋭い目でじっちゃんを睨む。

「お前達も一緒に出るんだ」

「私達も？」

「どうやってだよ。こいつは貴族のお偉いさんからもらった魔法の薬があるかもしれねえけど、俺達はどうやってこの村から出ればいいんだよ！　あの魔術で作られた壁がなければ、俺達はとっくの昔に外に出てるぞ」

怒りを爆発させたネイトが声を上げる。

確かに、アーノルドから僕はエイベルというピンク色の液体をもらっているから魔法障壁を抜けられる。けど、村の全員にそれが与えられるかというとまた別の話だ。

「わしが国王と交渉しよう」

「……じいさんだけ先に出るってか？」

「必ず戻ってくる」

「そう言って、俺達を見捨てるかもしれないだろ。誰だってこの村を出たいんだ。じいさんは元貴族だ。こんなうまい話に飛びつかないわけがない」

「わしを見くびるな」

じっちゃんのその一言で、一瞬で空気が変わった。

あまりの威厳に皆気圧される。

こんなじっちゃんは知らない。今のじっちゃんからは、野心家で計算高く、天才的な頭脳を持った元王族の本質が顕れている。

アリシアは最初からこの威厳に気付いていたのか。

「デュークがここからわしを出してどうしたいのかは分からんが、……この国の未来について本気で考えないとならん時が来たことは確かだ」

真剣な目でじっちゃんは語る。

話し合ったところで国王陛下にじっちゃんの声が届くのだろうか。

母親の言いなりになってじっちゃんをこんな風にしたあの国王に、今更何が出来る。

「ジル、デュークに伝えてくれ、この村を出るのは一週間後だ」

「分かった。……でも、すぐじゃないのはどうして？」

「まだやるべきことが残っている」

「じゃあ、一週間後にまた来る」

僕がそう言うと、じっちゃんは静かに頷く。そして、そのまま僕はロアナ村をあとにした。

学園の人気のない中庭にデュークとヘンリと僕が集まる。

「デューク、じっちゃんは村を出る決意をしたよ」

「そうか」

デュークはホッとした様子で少し嬉しそうに呟いた。

彼がじっちゃんのことをずっと気に掛けていたことが分かる。

「……じっちゃんって誰だ？」

ヘンリが首を傾げる。

彼はアリシアの味方だけど、僕達とヘンリの持っている情報の差は結構あるものだ。

さっき、デュークが実は記憶喪失じゃないって言ったら、腰を抜かすぐらい驚いていたし……。

「じっちゃんっていうのは、ロアナ村のじっちゃんだよ」

「俺の伯父だな」

「……はい？」

　ヘンリは僕らの言葉に目を丸くする。どうやら理解が追いついていないみたいだ。

「だから、ロアナ村の」

「ちょ、ちょっと待て。え？　これは俺の頭が悪いのか？」

「しかも血筋正しい王族だ。俺の父親は妾の子だからな」

「俺、そんな情報全く知らない。つか、え？　は？　ロアナ村？　ん？」

　ヘンリが急に馬鹿になる。

「知っている人間はほとんどいないからな」

「待て待て待て、詳しく丁寧に教えろ。俺はお前達と違って普通なんだ。今の俺はデュークが記憶喪失の演技をしてアリシアを国外追放したことに腰を抜かしたばっかりなんだ」

　両手で頭を抱えながらヘンリはそう言った。

　……そりゃそうなるか。デュークは割と説明を省くからね。

　デュークは少し考えた後に、じっちゃんがロアナ村に行くことになった経緯を分かりやすく簡潔に話していく。

　デュークの話を聞いているうちに、ヘンリの顔色が変わるのが分かった。デュークは淡々と話すが、内容はかなり重い。

「そんなことが……」

　全ての話を聞き終えると、ヘンリはただ静かに考え込んだ。

「今は昔の話に気を落としている場合じゃない。今、何をするべきか考えるぞ」

「あ、ああ、そうだな」

　ヘンリはまだ少し戸惑いながらも同意した。

「で、具体的に何をすればいいの？」

「伯父上はいつ頃、ロアナ村を出ると言った？」

「一週間後」

「じゃあ、それまでにリズをどうにかしないとな」

「あのリズちゃんをつるし上げるのッ⁉　そういうの大好き！」

　突然甘い匂いと共に、ピンク頭の女——メルが嬉しそうに目の前に現れた。

……本当にいきなり現れるな。

「聞いてくれる～？　私が主に頼まれていた件について」

　冗談めかした口調ながら、真剣な目でメルは切り出す。主従関係にあるからか、デューク が記憶喪失のふりをしているのは当然知っていたみたいだ。

「何か掴めたのか？」

「メルが手ぶらで主の前に現れると思う？」

デュークの言葉に自慢げに即答する。

「じゃあ、まずは一つ目！　この国の法律で王子は聖女と結婚しなければならないけど、果たして聖女は一人なのか？　現段階で聖女と目されているのは……キャザー・リズ。平民のくせに魔力がぶっとんで強く、全属性。まぁ簡潔に言うと奇跡の女、まさに聖女としか言いようがないけど……実際に奇跡を起こしているのはうちのアリアリ！　というわけで結論を言いますと、アリアリの実力と今までの成果を書き上げると、彼女も聖女認定出来ます!!　ちゃんと書類にしてきたんだから、感謝してね！」

そう言って、メルは勢いよくデュークに数枚の紙を渡す。彼はそれにざっと目を通す。

そうか、聖女は別に一人とは限らないのか！　それに、この国一番の問題と言われているロアナ村を立て直したのは、紛れもなくアリシアだ。……まだその状態を知らしめてはいないけど、じっちゃんが外に出ればおのずと明るみに出る。

それに彼女は、魔法が使えるだけの貴族の優越を壊し、実力主義社会を実現しようとしている。

……さらに、他国の不審な介入を防ごうと今も戦っている。自ら汚れ役を買って。

そう考えれば、キャザー・リズ、なんであいつが聖女なんだ？

口ばっかりで何もしていないじゃないか。ただの全魔法使えるだけの能なしだ。理想論も大事だが、何も行動していない奴が言うべきじゃない。

それはここにいる皆が思っていることだろう。

「力があってもそれを使わないと意味がない」

「使い方も大事だけどな」

全部読み終えたのか、デュークはさっきの紙をメルに返しながら僕にそう言った。

「全魔法使えるのがアリシアだったら良かったのに……」

「どうだろうな」

「アリはそれを望まないだろう」

僕の言葉にデュークもヘンリも納得しなかった。

「アリは全部持っているわけじゃないから、あそこまで成長したような気がするけどな。最強だけど、最初から最強じゃない。俺達と比べものにならないぐらい努力して、あそこまで上り詰めたんだ」

「まだ強くなろうとしてるけどね」

「確かにな。俺達の立場がなくなるな」

ヘンリが苦笑する。

そうだ、彼女は最初から完璧だったわけじゃない。

ずっと側で彼女を見てきたから分かる。もともとの素質があったからっていうのは勿論あるのだろうけど、それを活かす努力を物凄くしてるんだ。

……あのズレた動機だけはいまだに意味が分からないけど。

そもそも彼女が憧れている悪女は僕からしたらただのヒーローだ。

「本当にアリが男だったら、国王の座を狙えただろうな」

「俺はアリシアが女で良かったけどな」

「可愛い妹をそんな簡単に渡さねえぞ」

「私もアリアリの話をもっとしたいのは山々なんだけど～、てか、なんなら、私がアリアリをもらいたいんだけど～、でも、その前に！　情報その二について話してもいいかなッ？」

ヘンリとデュークの会話を遮るようにメルが口を挟む。

情報入手には色々な手段があるけど……、デュークはメルにこんな短期間で一体どれだけの情報集めを頼んだんだろう。

そして、それをこなすメルは流石としか言いようがない。

「情報その二！　リズはどうやら、無自覚で厄介な魔法を使っているみたいなんだよね～！　ある古書によると、誘惑の魔法なるものが存在するらしく、それは聖女だけが持つ特別な力らしいよッ。だから聖女が現れると、みんな幸せに暮らしました、っていう頭の悪い伝記？　伝説？　が残るみたいだね！　凄いよね。これだけの人間が暮らしているのにみんな幸せって誰が決めたんだろうね……まぁ、デュルキス国の古語にそんなに詳しいわけじゃないからちゃんとは読み取れなかったんだけど〜」

……誘惑の魔法？

なんだその馬鹿げた魔法は。この国の聖女の定義は一体どうなっているんだ。

けど、言われてみれば、リズ信者は異常だ。あまりにも彼女に溺れきっている。彼女を正しいと思い込んで、疑うことを知らない。

「明らかに怪しくないか、その魔法……」

ヘンリは眉をひそめる。

「なんか、まるでリズが主人公の物語みたいだよね。クソムカつくわ……」

最後の方にボソッとメルが低い声で付け加える。

メルは性格が悪いわけではないが、言葉遣いはなかなか酷い。けど、僕は彼女が嫌いじゃない。はっきりしているところが良い。

「メル、その本を後で俺に渡してくれ」

デュークの言葉にメルはきょとんとする。

「いいけど、主って古語読めたっけ？」

「ああ。一応な」

「アリシアも読めるよ」

「えッ⁉ アリアリも読めるのッ？ 流石うちらのアリアリッ！」

メルが興奮気味に僕の言葉に食いつく。逆にヘンリは辟易とした声を出した。

「俺、ここにいてもいいのかって思うぐらい、周りが異常すぎるわ。……俺の妹、凄すぎないか？」

そんな真剣な表情を僕に向けられても……。

アリシアが凄いことなんて最初から知ってるし。いつも僕らの想像を簡単に超えて、とんでもないことをしているけど。

「誘惑の魔法だかなんだか知らないけど、その話が本当なら色々とスッキリするな。……リズが無自覚ってのはなかなか厄介だけど」

「無自覚でこんな気持ち悪い魔法を使ってる聖女とか絶対に関わりたくないよね」

ヘンリの言葉に僕は即答する。

もし、その魔法が解けたら皆どうなるのだろう。やっぱり、アリシアが正しかったと思うのだろうか。

「あとね、国王陛下が近々皆を集めるっぽいよぉ」

「皆って誰？」

「五大貴族の坊ちゃん達と、カーティスと、聖女様ぁ」

メルの「聖女様」の言い方にとても悪意を感じる。

……キャザー・リズのこと相当嫌いなんだろうな。

「一体何を話すんだ？」

ヘンリがメルにそう聞いたが、彼女は首を傾げて、分からないという表情を浮かべる。

僕はデュークの方をチラッと見る。

彼はいつも何を考えているのか分からないが、きっと国王が何を言うのか大体察しているのだろう。メルの言葉に特に驚いた様子を見せない。

「いろんなことが重なって、これから忙しくなりそうだね」

僕がそう言えば、皆が愉しそうな表情を浮かべた。


王宮の廊下を歩きながら、僕は隣のデュークに尋ねる。

「ねぇ、本当に僕も行っても大丈夫なの？」

「当たり前だろ」

デュークが即答する。

国王が集めた者達は皆貴族だ。それなのに、部外者の僕が出席しても良いのだろうか。

アリシアの助手という形で過ごしてきたけど、今やそのアリシアは国外追放されちゃってるし……。

王子にはなかなか自由がないとデュークは言っていたけど、結構やりたい放題している気がする。

「着いたぞ」

そう言って、彼は立派な扉の前に立つ。隣にいた衛兵が扉を開けてくれた。

まるで今から国王陛下へ謁見するみたいだ。……まぁ、実際そうなんだけど。

もっとカジュアルに集まるものかと思っていた。あまりにもデュークの存在が近すぎて、彼が次にこの国を背負う国王であることを忘れそうになる。

「よく来たな。君がジルか」

初めて国王に会う。無能だ、といつも心の中で思っていたけれど、実際に会うとその迫力は想像以上だった。

思わず僕は頭を下げる。これが国王陛下の威厳。………だけど、じっちゃんの方が上だ。

「頭を上げよ。もう皆揃っている」

緊張感漂う空気の中、国王の声が響く。

僕は頭を上げて、五大貴族の親子、キャザー・リズ、カーティスがいることを確認する。

このメンバーを集めて国王は一体何をするつもりなんだ？

国王の言葉を静かに待った。

「――君達に問う。アリシアをどう思う？」

その問いかけに皆、あからさまに言葉を詰まらせる。

国外追放になった人間をどう思うか、と言われてもどう答えるべきかは難しい。

「……アリちゃんは、真っすぐで聡い女の子です。幼い頃からずっと彼女を見てきましたが、天才だと思います」

カーティスが沈黙を破るようにそう言った。

「僕は嫌いな人間はいないから、アリシアのことは好きですよ」

フィンもニコニコしながら答える。正直、彼の言葉には裏がありそうな気しかしない。

「彼女はその才能の使い方を間違えたんだ」

彼女を褒める意見が気に入らないのか、ゲイルが言葉を発する。キャザー・リズの魔法にかかっていると思われるエリック、アルバート、アランは彼の言葉に賛同しているようだ。

「才能の使い方を間違っているのは誰だろうね」

僕の言葉に全員が敏感に反応する。

「何が言いたいんだ？」

エリックが僕を睨む。

「才能があっても、それを使うって難しいんだよ。その才能を活かすか活かさないかは本人の努力と気持ち次第で全て変わる。……例えば、歌の才能が物凄くあっても、本人は歌うことが大嫌いで、楽器を弾きたいと思っているかもしれない。やりたいことと能力が一致するとは限らないんだよ」

「お前はリズの何が気に入らないんだ？」

「全部」

間髪入れずに答えてやった。別にキャザー・リズのことだとは一言も言ってないけど、これまでの経緯を考えるとそうなるよね。

本来なら恐怖を覚えるところなんだろうけど、こんなの何とも思わない。むしろ、貴族が僕の話に耳を傾けてくれていることに嬉しさを覚える。

言いたいことを本人達に全て伝えられるチャンスが来るなんて思ってもみなかった。

僕はさらに言葉を続ける。

「どうして彼女がこの国を救うとされる聖女なのか神に聞きたいよ。ただ理想を語っているだけで何か行動をしたことはあるの？　実際に行動して、失敗しながらも知見を溜めて、また次に成功するように新しい計画を立てたことがあるの？」

「リズのことをよく知らないのに何故そんなことが言えるんだ」

アランはだいぶ怒り心頭のようだ。

「何も知らないけど、何もしていないのは知っている」

「何だと？　じゃあ、お前は何かしたのか？」

アランが声を荒らげる。

洗脳されるって怖いな。僕もアリシアに洗脳されているようなものだけど。彼女のことなら信じて疑わない。

国王は僕達を止めなかった。デュークも言いたいことを全て言っていいという目で僕を促す。

もしかしたら、彼がここに僕を連れてきてくれたのはそのためだったのかも。

「キャザー・リズのその力は何のためにあるわけ？　お飾り？　力は使うためにあるんだ。あんたのその理想論は確かに立派かもしれない。ならそれを実現するために使い方をしっかり学べよ。一体、君はアリシアから何を学んできたんだ。僕達は才能を選べないし、才能も人を選ばないんだ。何故そんな最強の力を持っている君がぬるま湯に浸かったままなんだよ」

僕は彼女に向かって一気に叫ぶように言った。キャザー・リズは瞠目する。

久しぶりにこんなに声を上げた。いつも冷静に話そうと心掛けているのに。

彼女は何か言いかけたが、言葉が見つからなかったのか、口を閉じた。

「……なら、アリシアは何をしたんだ？」

「彼女を導いたのだ」

ゲイルの言葉に国王が答えた。

一瞬で空気が変わる。全員、国王の方へ視線を向ける。

「彼女に悪役になってくれ、と頼んだのだ」

アリシアはそれをすっごく喜んでいたけどね。

その依頼をあんなに幸せそうに引き受けるのは、きっとアリシアぐらいだろうな。

「どういう、ことですか？」

困惑した表情でアルバートが聞いた。

「聖女は、この国を担う要になる存在だ。だが、彼の言う通り理想だけではやっていけない。現実に立ち向かっていかなければならない時もある。リズ、君はとても清く優しく汚れを知らない子だ。政治の汚い部分を見たくないのもよく分かる。だから、君を正しく導くためにアリシアを早くから魔法学園に入れて、現実と向き合わせてほしいと。そのためには、時に辛辣な言葉を吐くようにと」

「なんでそんなことをしたんですか！」

アルバートが国王の言葉を遮り、大声を出す。

彼が本気で怒っているのが分かる。

……そう言えば、アルバートって昔はアリシアのことを大好きで、物凄く可愛がっていたんだよね。

「君達も知っていたはずだ。彼女は天才だと。魔法を使えるようになったのは十歳、並外れた身体能力、そしてあの賢い頭脳。聖女に相対するには、アリシアが適役だと思ったのだ」

「なんて自分勝手なんですか。妹は国の道具じゃない」

「酷なことをしたと思っている」

「父上は反対しなかったのですか？　まだ幼いアリシアが心に傷を負うとは考えなかったのですか？」

アーノルドは申し訳なさそうにして何も言わない。

僕が言うのもなんだけど……、その件に関しては、皆そんな深刻にならなくてもいいよ。アリシアは何のダメージも受けてなかったし、むしろ毎日楽しそうだったし。

なんなら、悪口言われてこそ悪女への道！　とか訳の分からないことを言って、日々悪口言われることを望んでたぐらいなんだから。

「じゃあ、今までのアリシアのあんな言い方は、全部……、国王命令？」

エリックが小さな声で戸惑いながらそう呟く。

なんか違うけど、まぁ、そうなるか。

というか、この場でそんなことを暴露したらアリシアは悪女になれないんじゃないのか？

僕からしたら最初から悪女の「あ」の字もなかったけど。本人がただそう信じ込んでいただけで。

……けど、なんかちょっとアリシアが可哀想だ。

あんなに悪女になりたくてここまでやってきたのに、裏で糸を引いていた最も悪い人間が国王みたいになってる。

せっかく国外追放までされたのに。

アリシアが帰ってきたら、国王様が私より悪者ってどういうことって滅茶苦茶怒るかもしれないけど、頑張って。

僕は心の中でそう呟いた。

「だったら何故、アリシアの国外追放を止めなかったんですか！」

アルバートの声が部屋に響く。

確かにいくら王子がアリシアを国外追放にしたいと言おうと、国王がそれを拒否していたら難しかっただろう。

国王の視線がゆっくりとデュークへと向けられる。

デュークは皆が困惑の表情を浮かべるなか、一切表情を崩さない。

……国王も扱いが大変な息子を持ったものだな。

でも、デュークの記憶喪失が本当は虚言だったと告白するなら今だ。無事にアリシアを国外追放に出来たのだから。

皆がデュークに注目し、彼は口を開く。

「アリシアを、国外追放という名目で密偵に出した。記憶喪失にされたというのはそのためのでっち上げだ。アリシアが自ら国を出て、我が国に何をもたらすのかを俺は期待している」

デュークの言葉にキャザー・リズは目を見開く。驚きとショックが混ざっているようだ。

そりゃそうか、アリシアとデュークの絆を見せつけられちゃな。

「だ、だが、リズの考えは正論だ」

ゲイルが少し戸惑いながらも眼鏡をかけ直して、そう言った。

「皆で仲良く手を繋ぎ平和になりましょうってことを実現するには、綺麗事ばかりじゃ無理だよ」

僕はキャザー・リズを見つめる。彼女は何も言わない。

ただ黙って僕らの話を聞いているだけだ。

「アリが、密偵……」

「それは僕も知らなかったな。……てか、デューク、記憶喪失じゃなかったのかよ」

アランに続き、カーティスが小さく苦笑してそう言った。

「令嬢を国外追放にするにはそれらしい理由がいるだろ」

あ～あ、デューク、後でアリシアに怒られても知らないよ。

これが仕組まれた国外追放なんてアリシアは絶対にバレたくなかっただろうに……。まぁ、この身内だけならバレても大丈夫か。

デュークの本性は策略家の王子だし。その王子が愛する悪女は実はこの国の英雄になりつつあるし。

この二人が次の王と王妃になるなら……、僕、この国で良かった。

「……なんでデュークはアリシアに密偵を任せたの？」

フィンが笑顔でデュークに聞く。

「革命を起こすんだよ」

デュークがニッと口角を上げる。その顔に僕は恐怖を覚えた。

「革命？」

「そうだ。この国は大国と言われている割に外交をしないし、国内政治は欠陥だらけだ」

よく父親の前でそんな堂々と言えるな。

「じゃあ、僕達は革命のために何をすればいいの？」

フィンは臆することなくデュークに質問する。

「部隊を作る。その幹部となれ。そのために剣術や学問に励んできたんだろう。貴族のまま一生充実しない日々を過ごしたいのならそれでも構わない。だが、自分の力で少しでも何か変えたいと思うなら俺に付け。そのチャンスを与えてやる」

……デューク、国王より国王っぽいね。

「それは何かの争いに備えてってこと？」

「戦争はいけないわ！」

フィンとデュークの会話にキャザー・リズが割って入る。

このタイミングでそれを言えた度胸だけは認めよう、キャザー・リズ。

初めて君を凄いと思ったよ。

「誰が戦争するって言った？」

デュークが少し面倒くさそうな表情を浮かべる。

さっきまで何にも動じなかったのに、彼の表情を崩すとは、やっぱり彼女は只者ではない。

「武力を持つから戦争になる。だから、互いに兵力を持たなければ争いは起きないわ」

「相手の国にもそう交渉しに行くのか？」

「デュークだって前に言っていたじゃない。価値観の違いや私欲のために始まる戦争は関係ない人を巻き込み膨大な命を犠牲にするって。そして、それを何度も繰り返すなんて馬鹿げているって!!　あれは嘘だったの!?」

ん？　論点がズレてるぞ。それに気付くんだ、キャザー・リズ。

「兵力は必要だ」

低い声で短くアルバートが口を挟んだ。

え？　初めて、アルバートがキャザー・リズの意見を否定した。

「アルバート？　貴方まで何を言うの？　暴力には反対だったじゃない。暴力は暴力を生むだけよ」

「世の中の人が全員リズみたいな綺麗な心の持ち主だったら良かったと思うよ」

アルバートが少し寂しそうに言う。

皆が裕福で満足した生活を過ごせているのなら、争いは生まれないかもしれない。

そう考えてしまうけれど、やっぱり誰にでも欲というものが生まれるのだ。そうして誰かの上に立ち、優越感に浸りたいという感情が生まれる。

「俺はリズを裏切らない」

強い口調でエリックがそう言った。

別にアルバートは彼女を裏切ったわけじゃないと思うけど……。

「リズの考えは俺の理想なんだ！」

信仰心が強すぎないか？

教祖を信じきっている信者は自分の命までも捨てる覚悟がある。エリックはキャザー・リズに惚れて、どんどん深く溺れていったようだ。

「僕は別に戦争には反対じゃない」

一気に僕に視線が集まり、全員が「え」と呟いた。

「勿論、進んでしたいなんて思わないけど、奪われた尊厳を取り戻すためや自分のプライドを守るためになら、僕は戦うよ」

ずっとロアナ村に閉じ込められ、理不尽な仕打ちを受け続けていたのなら、僕はきっと国王を殺そうと復讐に燃えていただろう。

僕はアリシアに出会えて外に出られたけれど、僕以外の村人のその火種はくすぶったままだ。

「誰と戦うの？」

「君達全員」

キャザー・リズに即答する。

「そう思っている人間は僕の村にたくさんいるよ」

「その村って……」

「ロアナ村」

空気が一変する。この中で、僕の出身を知っているのは、五大貴族の当主とデュークとヘンリだけだ。

当然、僕はアリシアが拾ってきた平民の子どもだと思われていた。

「殴られて、蹴られて、ボロボロにされて、それでも這いつくばって、強くならないと生きていけない所だったんだよ。誰も助けてはくれないんだ」

僕の告白にキャザー・リズはついに何も言わなくなった。

「死にかけの僕をあの村から連れ出して、救いようのない火傷を負った女の子に手を差し伸べ、目のないじっちゃんに目をあげて……、今、ロアナ村は生まれ変わろうとしてる。そのきっかけを作ったのは誰だと思ってるの？」

そこまでの事実は誰も知らなかったのか、全員が瞠目したまま固まっている。

あ、うっかり暴露しちゃった。

この褒め方は完全に怒られるやつだ。

ごめんよ、アリシア。けど、こんな奴らにアリシアを馬鹿にされたままなのは腹が立つんだ。

ねぇ、君は悪女になりたいと言うけれど、たまには見返してやろうよ。僕の尊敬する君はこんなにも凄いんだって。

「だから、アリシアは眼帯をつけていたのか……」

アルバートは声を少し震わせて言った。

アリシアの眼帯は悪目立ちしてたもんね……まさか本当に目がないなんてみんな思ってもみなかっただろう。

僕もアリシアがじっちゃんに目をあげたのは予想外だった。

「目をあげたというその相手は」

「多分、貴方が一番よく知っているんじゃないですか？」

僕は国王を睨むようにして言った。

彼は僕が何の話をしているのか分からず、眉をひそめる。

「ゴミはゴミ箱にためておけばいい？　そのゴミ達が溢れてきていることには気付かなかった？」

「ジル、その辺にしておけ。父は祖母に従っただけだ」

デュークは誰にも聞こえないよう小さな声で僕を制した。

「祖母って」

妾の？　と言いかけてやめた。この話はキャザー・リズ達は知らない。

「話を戻すぞ。俺は別に、戦争がしたいわけではない。だが、世の中何があるか分からない。国を守るために万全(ばんぜん)の準備をしておくのは当たり前だろ。貴族に受け継(う　つ)がれる魔法に頼(たよ)った状態で、弱い兵士だらけの国なんて、歪(いびつ)だと思わないか？」

デュークは全員に向けてそう言った。彼の言葉で皆の表情が変わる。

心が動いているんだ。

もしかしたら、キャザー・リズの魅惑(みわく)の魔法を解けるのは、この王子なのかもしれない。

「戦争は良くないが、戦争は発展をもたらす。俺はこの国を発展させてみせる」

彼はただ怠惰に過ごす王子ではなく、国の未来を見据える統治者の目をしている。

「その野心が争いに繋がり、破滅を迎えることになるのよ」

「なら外交に力を入れればいい」

デュークがキャザー・リズに鋭い目を向ける。彼女はビクッと体を震わせた。

……こんな風に対立してもキャザー・リズってデュークを好きでいられるものなのかな。

そもそも、キャザー・リズはなんでデュークを好きなんだろう。

「陛下、貴方のたった一つの決断で大勢の人間を殺すことも出来れば、救うことも出来る。

……その権力を行使する時を今後は間違えないでいただきたい」

「私がいつ間違えた」

宣戦布告とも言えるデュークの言葉に、国王が真正面から反論した。

空気が張り詰めているのが分かる。

「貴方は、この国に有益だった人材を全て無駄にした」

デュークの言葉に、国王がハッと驚くのが分かった。

かつての頭脳達を追放したことに関して、国王なりに考えがあったのだろう。

この国から優秀な人間がいなくなった理由――絶対何か裏がある。それに、ここまで
国王以外の五大貴族当主達が誰一人として発言しないのも気になった。

「ジル」

国王が柔(やわ)らかい声で僕の名を呼ぶ。

「アリシアが自分の目を誰に与えたのか教えてほしい」

僕はデュークと目を合わせ、頷き合ってから口を開いた。

「シーカー、……ウィル」

「シーカー、……ウィル、だと？」

国王の深い海の色をした瞳(ひとみ)が、かなりの衝撃(しょうげき)に揺(ゆ)れているのが分かる。勿論、動揺(どうよう)したのは国王だけではない。

五大貴族の残りの四人も国王同様に驚愕(きょうがく)の表情を浮かべている。

そうか、彼らはギリギリじっちゃんの存在を知っているのか。まぁ、じっちゃんがロアナ村に追いやられてたってことまでは知らなかったみたいだけど。

「ウィルは……兄上は、まだ生きているのか⁉」

国王はその場に立ち上がり大きな声を発した。全員、彼の今まで見たことのない姿に驚く。

……これは想定外だ。まさかここまで取り乱すとは。

「生きてるよ。あんたが追いやったあの村でね」

「あの村……？」

薄い灰色の髪をしたゲイルの父のジョアンが眉間に皺を寄せながら初めて声を発した。

そういえば、この親達は自分の子ども達の馬鹿っぷりを見て何も言わないのか。……いや、何も言えないのか？

この国は随分と謎が多いな。

「突然失踪したってことになってるんだもんね。死んだと思われていても仕方ないか」

「ルーク、彼が言っているのはどういうことだ？」

ジョアンが険しい表情を浮かべながら国王の方を見る。

「……まさか、私の父もそこにいるのか？」

アーノルドもジョアンに続き、低い声でそう問い質した。驚きと怒りが混ざった声に空気が震える。デレクは、難しい表情をしたままだ。

こんな展開になるとは……。

アーノルドの父らしき人はロアナ村にはいなかった。となると……、国外追放メンバーの一人かもしれない。

もしかしたら、アリシアともう会ってたりして。アリシアそういう引きは強そうだもんな。やっぱり、無理言って僕もついていけば良かった。

「ジルよ、兄上はまだ生きているのだな？」

「アリシアのおかげでどんどん若返っているよ」

「そうか……、兄上が生きていたのか。そうか。良かった……」

国王は何度もじっちゃんがこの世にまだいることを噛み締めるように呟いている。

その安堵の様子は、家族を心配する表情そのものだった。

こんなにも大事に思っているのに、何故あんな惨い仕打ちをしたんだろう。……実際にしたのは、国王の母なんだろうけど。止めることも出来たはず。

まぁ、そんなことより、今から国王はアーノルド達に責められるだろうね。

国王も大変だ。自業自得って言ってしまえばそれまでだけど。

デュークは少しの間国王を眺めた後、何も言わずその場を離れた。

僕もそのまま彼についていった。


「けど、意外だったたな」

部屋を出て、暫くしてから口を開いた僕の言葉に、デュークは小さく首を傾げる。

「何がだ？」

「国王がまさかあんなにじっちゃんのことを心配していたなんてさ」

「父は伯父のことを尊敬していたからな」

「……なら、助けたら良かったのに」

「操られてたんだろ」

デュークの声が小さすぎてなんて言ったか聞き取れなかった。

あえて僕に聞こえないように呟いたってことは、聞き返してもはぐらかされるだけか。

そのことには触れず、少し話題を変える。

「国王は、なんでロアナ村の事情をあそこまで知らないの？　ロアナ村を閉じ込めているあの霧の壁って水魔法――シーカー家の魔法だよね？」

「そこが俺にもいまだに謎なんだ。父は父でロアナ村の解決策を模索していたはずなんだが、伯父の実態については全く知らなかった」

そう言って、複雑な表情を浮かべる。

なんか、デュークにも分からないことがあるんだと思うと少し安心するな。

「で、これからどうする？」

「彼女を使う」

「使いものになる？」

勿論、彼女とはキャザー・リズのことだ。

「まぁ、悪い奴じゃないからな」

……それは否めない。

僕は完全に苦手なタイプの人間だけど、彼女は極悪非道な人間ではない。そこがまた厄介だ。

「ようやく聖女様の実力が発揮されるんだね」

「あの力を使わないのはもったいないからな」

「魔力を使うのはちょっと……、とか言いかねないけどね」

「使わせるさ」

小さく口の端を上げたデュークを見て、背筋に冷たいものが走った。

一体どんな手を使うんだろう……。

地平線にうっすらと太陽の頭が見え始める。
朝早くから僕達はウィリアムズ家の中庭に集まった。ヘンリとデュークと僕の三人だ。
今日は、とうとうじっちゃんがあの村から出てくる日だ。
嬉しさ、興奮と共に少しの不安がある。もし、国王が何かしようものなら、今の僕には
じっちゃんを守りきれる力はない。
「デューク、じっちゃんを守るって約束して」
僕は彼の目を真っすぐ見ながらそう言った。デュークは静かに頷く。
本当はデュークもロアナ村に行きたいと言っていたが、僕が止めた。まだ彼が行くには

状況が芳しくない。貴族を毛嫌いする人間もたくさんいる。

勿論、アリシアも貴族だが、彼女は別だ。あの村を立て直したアリシアと、あの村に行ったことのない王子だと随分と差がある。デュークもそこは理解してくれた。

「よろしく頼むぞ」

デュークの言葉に僕は深く頷き、ヘンリとも顔を見合わせてから村に向かった。


「じっちゃん！」

村に着くなり、僕はじっちゃんの所へ駆け寄る。

じっちゃんを見送るために朝早くから皆が外に出ていた。誰もがこの村の英雄を手放したくなさそうにしている。

けど、僕達はここから出なくちゃいけないんだ。この村から皆を解放するために……。

じっちゃんは一呼吸置いてから答えた。

「行こうか」

「さぁじっちゃん、これを飲んで」

僕の手から瓶を受け取り、じっちゃんはエイベルを一気に飲み干した。瓶の底に少しだけうっすらとピンク色の液体が残る。

ついにじっちゃんは自由の身になるんだ。この村から出られるんだ。

心臓がドクンドクンとうるさく脈打つ。僕はじっちゃんの解放に興奮した。

この国の情勢をどう変えていくのか楽しみでならない。

「あいつに会うのは少し緊張するが……」

そう言って、じっちゃんは霧がかかった壁の方へと足を進める。

あいつ、というのは多分国王のことだろう。

何年ぶりの外の世界なんだろう。僕とは違って、じっちゃんは外の世界を知ってからこの村に来ている。……王族の暮らしを知っているのに、よくこんな生活に耐(た)えることが出来たな。

僕はそんなことを思いながらじっちゃんの大きく逞(たくま)しい背中を見つめた。

後ろから皆が僕達を見守る視線を感じる。恨(うら)み妬(ねた)みの気持ちがないと言えば嘘になるが、ほとんどの人が喜んでくれているように思えた。

前よりはましだが、空気が濁(にご)っており、いつも暗く、鼻をつく異臭(いしゅう)が漂っているこの村。

一度外に出たらほとんどの人間が二度と戻ってこようとは思わないだろう。

じっちゃんは、数十年ぶりに太陽のある世界へ戻った。

現在十六歳　ウィリアムズ家長女　アリシア

まさかラヴァール国で誕生日を迎えることになるとは。

十六歳って……、前世なら高校一年生よね。華のＪＫだわ。

ラヴァール国に来て、そこそこの日々を過ごし、いつの間にかこっちの生活にもだいぶ慣れてきた。

私があの小屋を出てから、もう一年が経ったのね……。

長いような短いような、なんとも不思議な感覚だ。

「誕生日なんて毎年のように祝わなくてもいいような気もするけど……、七五三ぐらいで良くないかしら。こんなことリズさんの前で言ったらお説教をくらいそうね」

ブツブツと独り言を言いながら私は今日も訓練へ向かった。

私にとっては誕生日だが、いつもと変わらない一日。……まぁ、雨だけど。

パラパラと小さな水滴が私の顔を打つ。雨でも勿論訓練はあるのだ。天気に左右されるような軍なんてありえない。

「心地いい」

私は空を仰ぐ。雨は嫌いじゃない。雨の匂いや音が好きなのよね。

「チビ！　早く整列しろ！」

マリウス隊長が遠くから私に怒鳴る。

朝からそんなに苛立っていたら禿げるわよ。私はそう思いながら、駆け足で彼らの元へ向かう。

別に遅刻したわけじゃない。むしろいつも通り少し早めに来ているのに、どうして今日はこんなにも急かされているのかしら。

マリウス隊長の奥で雨に濡れる、艶やかな金髪がチラッと目に入る。

「……ヴィクター？」

なんで王子がこんな雨の中、外に出ているのよ。

私はひとまず、いつもの配置に並ぶ。周りの兵は私より図体が大きく、前がよく見えない。しょうがないわよね、私は後から来た新人なんだもの。

雨がだいぶ強くなってきた。

このザーザーとうるさい雨の中、声だけを拾い、状況を判断しなければならない。

どんどん雨が強くなっていくのに、王子、大丈夫なのかしら。風邪引くわよ。

「今日はヴィクター殿下からお話がある！」

マリウス隊長が声を張りながら私達にそう告げる。その言葉で、全員が背筋を伸ばし、聞く態勢に入った。

「今度の俺の遠征についてくる者を選ぶ。今回の遠征は危険が伴うため、小規模だ！　今から名前を呼ぶ五名は直ちに準備しろ！　まず、マリウス」

「はっ！」

「ニール」

「はっ！」

隊長と副隊長はそりゃ呼ばれるわよね。私なんてまだ入隊したばかりだもの。きっと今は、呼ばれるわけがないから気楽だわ。

「ジュルド！　ケレス！」

「はっ！」

そうだわ、この機会に城のことを探るチャンスなんじゃない？　私のおじい様のことや、あの塔のことも調べたいのよね。

「リア！」

「へ？」

「お前だけ返事がおかしいぞ」

怪訝な表情でヴィクターが私を睨む。

「はっ」

悲しきことに選抜隊に選ばれてしまった……。本来なら私の実力が……って喜べるはずなのに、なにかしら、この残念な気持ちは。

……ヴィクターは私のことをすでに色々と見抜いている。出来ればあんまり近くにいたくないんだけど、遠征となったらそうは言っていられない。王子を守るのが私達の仕事だ。

人生ってうまくいかないわね。これも任務遂行の試練と思って乗りきるしかないわね。

自分を鼓舞し、ネガティブな気持ちを忘却する。

遠征メンバーに選ばれたのは良いけど、出発が明日なんて急すぎない？

そういう大事なことはもう少し前に言っておくべきだわ。指名された後にいつ出発かを言うなんて非常識よ！　……ヴィクターに常識なんか求めちゃダメよね。

訓練が終わり、心の中で文句を言いながら明日の遠征について考える。

持ち物とか全く分からないんだけど……。考えてみれば、遠征は初めてだ。

それに本来なら新人がいきなり選抜されるなんて妬ましいはずなのに、隊の皆は快く送り出してくれた。

……私の実力を認めてくれたのか、遠征が最悪なものなのか。出来れば前者がいいわ。

「おい、ガキ」

自分の小屋に向かって歩いていると、後ろからヴィクターのよく通る声に止められた。

「……なんですか」

私は振り向き、ヴィクターを睨みながら答える。ガキ呼びをいちいち訂正する気にもならない。

「会わせておきたい人間がいる」

「藪から棒に一体なんですか？　フィアンセですか？」

「馬鹿か。いてもお前に教えねぇよ」

「え、いるんですか？」

「口の減らないガキだな」

「だって、明日から遠征なのに、わざわざ人を紹介するって……」

ぶつぶつ小声で文句を言う私に、ヴィクターがうざそうに反応する。

「いいから黙ってついてこい」

ヴィクターは少し速足で歩いた。私は置いていかれないように、歩く速度を上げる。

城内で最も人気がないと言っても過言ではないような部屋の前へと連れてこられた。

ヴィクターはノックもせずに、扉を開く。

流石王子、傍若無人ね。それともノックはしなくてもいいという権利があるのか。

彼に続き部屋に足を踏み入れると、何故かとてつもない重圧を感じた。

今までに感じたことのない不思議な気配だ。ここにいる人間は皆只者ではないと細胞が騒いでいる。

私が少し退いたのが分かったのか、ヴィクターは片眉を上げて、鼻で笑う。

「こいつらはこの国の頭脳と言ってもいいだろう」

……おじい様、だわ。

まだ確認したわけではないけれど、私の中で先日見たこの方は、私のおじい様だと思っている。そして、彼を挟むように、両脇にもおじい様と同じぐらいの年齢の方がいた。

見覚えのある灰色の髪と赤色の髪だ。

どちらも少し白髪が混じっているが、すぐに分かった。

ゲイル様とエリック様に似ている……彼らのおじい様達かしら。

丸いテーブルを、三脚の大きく豪華な一人掛けソファで囲み、チェスをしている。誰と誰が戦っているのか分からないが、皆とても真剣にチェス盤を眺めており、王子の方に関心すら向けない。

「挨拶しろ」

ヴィクターが私に命令する。なんでいちいちあんたに命令されなきゃいけないのよ――という怒りはおくびにも出さず、私は目の前の推定おじい様達に軽くお辞儀をして、口を開いた。

「初めまして。リアと申します」

訓練後に男の子の声を出すのは少し疲れる。

私の挨拶に皆一度手を止め、視線を向けた。その鋭い目つきに一瞬怯みそうになる。

「ウィリアムズ・アルベールだ」

語られたその名に、予測していても私は思わず目を見開いた。目に布を巻いているから、彼らに私の動揺が伝わっていないと思いたい。

……ウィリアムズってはっきり言ったわよね……。やっぱりおじい様だわ。

「わしの名前はハドソン・マークだ」

ハドソン家……ということは、エリック様のおじい様。

灰色の髪の男が、にやりと笑いながら口を開いた。

「私はエバンズ・ケイトだ。よろしくね、お嬢ちゃん」
ケ、イト……。お嬢ちゃんと言われたことよりも彼の名前に引っかかった。
彼だわ。

魔法学園に狼を送り、ロイヤルカードを置いた男は彼だ。スペードの四、貴族のケイト。

「どうして私が女だと分かったのですか？」

「……逆にどうしてバレないと思ったのかが不思議だ。男と女じゃ骨格が大いに違う。いくら布できつく胸を巻いても意味はない」

ケイトが呆れたように言った。周りの皆も彼の意見に賛同し、首を縦に振る。

「隊の皆にはバレなかったのに」

私が小さく呟く声にマークが反応する。

「あいつらは頭脳より筋力と思っているような奴らだ」

「女に負けたと分かった時のあいつらの顔を見てみたいなぁ」

ヴィクターがニヤニヤと楽しそうな表情を浮かべた。彼はおじい様達に向かって私を親指で差しながら話を続ける。

「お三方にはもう分かってるかもしれないが、こいつはかなりデキる。というか、こんなガキ、今まで見たことねぇよ」

「ちょっと王子、さっきからガキガキって失礼じゃない。私は今日で十六歳の立派な大人よ」

「へぇ。今日が誕生日か。なら、酒が飲めるな」

「え、違法でしょ」

お酒と煙草は二十歳からって散々言われてきた。まぁ、ここで元の国の常識を持ち出してもしょうがないか。

というか、誕生日って聞いたんだったら心がこもっていなくても「おめでとう」って言うのが礼儀じゃない？

……いえ、ヴィクターに普通なんて求めちゃだめだったわね。

「ラヴァール国では合法だぞ」

「お嬢ちゃんはもしかして、この国の人間じゃないのか。これは面白いな」

ヴィクターとのやり取りにケイトが口を挟む。彼は私に興味を持ったようだ。彼の目はまるで新種の花でも発見したような好奇心に満ちていた。

「この三人にはお前の教育係を務めてもらう」

……は？

ヴィクターの提案に口が開いてしまう。

「なんでいきなり？　そもそも王子は何か誤解しているみたいですけど、私は貴方の役に立てるような人間じゃないですよ」

「まぁ、彼らがお前を育てるかどうかは、お前の実力次第だけどな」

……つまり、向こうが私を見込まない限り何も教えてもらえない。実力がなければ見限られる。

選択権は私になく、彼らにあるってことね。

こういう展開大好きよ、最高に燃えるわ。

三人のおじい様達が意味ありげにこちらを見つめていたことに、意欲に燃える私は気付いていなかった。

私達遠征メンバーは、雲一つない快晴の下、何もないだだっ広い道を馬に乗りながらひたすら進んでいく。

「ガキ、この遠征でしっかり学べよ」

突然（とつぜん）、ヴィクターが私の方を振り向く。

「何をですか？」

「さあな」

おい、と心の中で突っ込（つっこ）む。そもそも遠征の内容を聞いていないんだけど。ただ危険とだけしか知らされていない。

なんて曖昧（あいまい）な任務なのよ。

「チビは本当に殿下に気に入られているな」

私達のやり取りを見ていたマリウス隊長に声を掛けられた。

「いや、最初は物凄（ものすご）く僕と関わりたくなさそうでしたよ」

「そりゃ、お前が……」

少し言いかけて彼は口をつぐんだ。

「なんですか？　そこまで言ったのなら言ってください」

言いかけてやめるのって良くないと思うのよね！

「普通嫌だろ。どこのどいつか分からない異端児の面倒をみるなんて」

「じゃあ僕は、王子に認められたってことで良いんですよね？」

「お前、本当に良い性格してるよな」

ヴィクターは振り向きながら私達の会話に口を挟む。

暫く馬を走らせていると、いつの間にか少し薄暗い森の中に入っていた。

私の家の周りの木々と違って、幹が細々としていて頼りない。長く垂れた葉が印象的だ。

不気味さで言ったら、この森の勝ちね。

「怖くないのか？」

ヴィクターが意地悪そうに口の端を上げて私の方を見る。

「全く。むしろ慣れてる」

私が淡々とした調子で返すと、彼は面白くなさそうな顔をして前を向いた。

幼い頃から、ロアナ村に行くために夜中にあの暗く気味が悪い森をずっと往復していたのよ。これぐらいで恐怖を感じるわけないじゃない。

辺りを見渡せば、木の根元に死んだ蛙、枝には鋭い目をした蛇、地面には虫がいる。

確かに、普通の令嬢だったら、腰でも抜かしてそうね。

「この先に一体何があるんだろうな」

一緒についてきている兵士のケレスが独り言を呟く。彼の声に少し不安がある。

もしかして、今までこの森に入った人間はほとんどいないのかしら。

「この森って危ないとこなんですか？」

「そりゃ、シチリンは立ち入り禁止だからな」

「……シチリン、……え、……七輪!?」

「何そんな驚いた顔してんだ？　死地に到る林って意味だろ。初めて聞いたのか？」

ケレスが疑うように私を見つめる。

あ、死致林ってことね。というか、ここ林だったのね。

「まぁ、絶対に死ぬわけじゃないけどな」

私とケレスの会話に横からニール副隊長が割り込んできた。

「ただの迷信っすよね」

「死ぬっていうより、帰ってきた人間がいないという方が正しいな」

「つまり行方不明ってことですか……」

「その可能性もあるってことだ」

「帰ってきた人間が一人もいない……」

「いるにはいるが、そいつらからシチリンの話を聞いたことがない」

……ダメだわ、ケレスとニール副隊長が真剣な話をしているのに思わずシチリンで笑ってしまいそうになる。

「僕達も帰れなくなったりするんですかね」

「なんだ、急に怖気づいたのか？」

「いえ、王子がわざわざそんな勝算のない計画に突っ込んでいくとは思えないので……大丈夫とは思ってますが」

「まぁ、それはそうだな。殿下は聡い」

尊敬の眼差しでニール副隊長はヴィクターの方を見た。

へぇ。副隊長はヴィクター王子派か。少し横暴だけど、ヴィクターには人望と行動力がある。悔しいけど、彼に王の気質があるのは認めざるを得ない。

実力がなければそもそも誰もついていかないものね。こういう分かりやすい世界は嫌いじゃないわ。

世襲制に甘えず、自力で国を作ろうとしている野心家はやっぱり評価されるべきよね。

「もうそろそろ目的地に着くぞ」

私がニール副隊長に質問しようとしたのと同時に、マリウス隊長の野太い声が響いた。

「おお」

兵士の一人のジュルドが驚嘆の声を上げた。

目の前にある、深さが分からない大きなどろどろとした灰色の湖に目を見開く。

……こんな汚い湖初めて見たわ。泥温泉みたい。それにとんでもない異臭を放っている。

「お世辞にも綺麗とは言い難いね」

「そりゃこの湖全体が毒だからな」

馬から下りたヴィクターは、ぐつぐつと小さく泡が噴き出ている湖に顔を近づけながら私の独り言に応える。

「一体何の毒？」

「飲んでみるか？」

「遠慮しとく」

マリウス隊長とニール副隊長には敬語なのに、王子相手にはどうしてかタメ語になるのよね。

「人によって毒の作用が変わるんだ。飲むと死んだり、吐血したり、軽いと腹痛や頭痛だけで終わるけどな。他にも体中が痒くなったり、情緒不安定に陥ったりする」

人によって毒の内容が変わるなんて、そんな身勝手な毒聞いたことないわよ。まぁ、ファンタジーの世界だから何でもありなのね。

「だいぶやばい湖だね……で、とりあえずこの汚い湖でどうするの？」

あまり良い話じゃないと分かり、私はすぐに本題に入った。

「シチリンと呼ばれる理由はこの湖にある」

王子の言葉に皆が湖を険しい目で見つめる。

「それじゃあ、今からこの湖を掃除でもするんですか？」

ケレスの冗談につい笑ってしまった。

この湖を綺麗にするだなんて不可能に近い。隊に入って分かったけど、ヴィクターの兵士って脳筋の人が多いわよね。

この湖の水を透明に出来たら、死んだ人間を蘇らせるぐらいの奇跡よ。

「違う、この下にある湖の源を探すんだ」

嘘でしょ……。透明なビューティフルオーシャンになら潜りたいけど、この泥沼に潜りたくはない。

そもそも、潜ったら死ぬとしか思えない。

「湖の源って具体的には何なんですか？」

興味津々な瞳をヴィクターに向けながらジュルドが尋ねる。

「それは俺にもわからないが、確かにあるらしい。湖は汚れているが、それ自体を探すことは可能だ」

ということは、過去にもこの湖に潜った人間がいたのね。……勇者だわ。

「どうしてその湖の源が欲しいんですか？」

今度は敬語で聞いてみた。

ヴィクターは少年のような表情を浮かべ、にやりと笑う。

「それが、俺が王になる条件だ」

言いきった彼は上着を脱ぐ。袖をまくり、今にも湖の中に入りそうな勢いだ。

……そう言えば、ヴィクターは第二王子だったわね。あのロン毛のお兄様が第一王子だもの。

彼よりヴィクターの方が行動力があるように思える。まだあの城に来てそんなに経っていないとはいえ、ヴィクターの兄の姿を見かけたことは一度もない。

「お前も潜れ」

「はぁ？　嫌ですよ！」

王子は自分が死ぬ可能性を考えていないのかしら。そもそもこの湖全体が毒なら、死にに行くようなもの……。

「あ？」

私の言葉にヴィクターは怪訝な表情を浮かべる。

「自殺志願者なんですか？　王になる前に死にます。毒の中に入るんですよ？」

「おい、ガキ、ついに怖気づいたのか？」

　ヴィクターはどこか嬉しそうな声でからかってくる。

「ライオンに立ち向かった奴とは思えねえな」

　マリウス隊長が横から会話に入ってくる。

　この毒に汚染されている湖に潜るのとライオンと戦うのじゃ、死亡率が確実に違うわよ。

「大丈夫だ。水を飲まなきゃ死なねえよ」

　……この国の王子に怖いものはないのかしら。

「だから命令だ。お前は潜れ」

　反論する間も与えずヴィクターは少しきつい口調で命令してくる。

　選択の余地はなさそうね。腹を括らないと。覚悟を決めるのよ、アリシア。

「分かりました。では、僕が死んだら、王子を呪い殺します」

　兵士の皆が「王子になんてこと言ってんだこいつ」と言いたげな顔をする。ヴィクターは私の言葉に軽く笑い、口を開いた。

「安心しろ、俺が死んでもお前は生きてるだろうよ」

　俺が見込んだんだから自信持って湖に入れ、と励まされているように聞こえた。実際、彼の瞳が私にそう訴えている。

　さすがに二人では危ないと思ったのか、マリウス隊長とジュルドも湖に入る準備をする。他のメンバーは待機だ。

……そこまで期待されちゃしょうがないわ。一番最初にこの腐った湖に突っ込んでやるわよ。

私はスッと息を吸い、湖の前に立った。

「安心しろ、目から毒は入らないらしい。あ、ただ、鼻からは入るぞ」

後ろからヴィクターの落ち着きのある声が聞こえた。私は咄嗟に振り向く。

「随分具体的なアドバイスをどうも。もうすでに何人かここに入ったことがあるの？」

「ああ。入ったらどうなるか実験しておかないと俺が入れるわけないだろ。兵士は捨て駒だ」

何の躊躇いもなしに、こうも堂々と言われると何も言えなくなる。

ヴィクターって思っていたよりも冷血ね。いや、王たるものはこれぐらいの方が良いのかしら。

その腐敗した湖に潜っていく王子に巻き込まれる私って……。でも、歴史に残る悪女になるんですもの。王の証を代わりに奪うくらいの気概で入ってやるわ。

大きく空気を吸って口を閉じ、鼻をキュッと締めて、私は思い切り灰色の液体の中に飛び込んだ。

現在十一歳　ジル

何故か僕の方が緊張している。

じっちゃんは慣れた足取りで王宮の中を迷わず堂々と歩いていた。表情はロアナ村を出てここに来るまでほとんど変わらない。

村から出た時も、十数年ぶりに太陽を見たのだから、もっと感動するものと思っていた。馬車の中でもほとんど会話はない。じっちゃんはただ、黙って外の景色を眺めていた。

外の世界に出られたことに喜びを感じないのかな。

国王と会うからってずっと気を引き締めているのかもしれない。

城の使用人達とは一切すれ違わなかった。デュークが手を回したのかな。

デュークは今どんな気持ちでいるのだろう。じっちゃんと対面した時は、お互いなんというのか、事務的……な感じだった。肉親に会えて、嬉しくないのかな？

デュークは頭の内を全てさらけ出したことがない。何を企んでいるか秘密にしている。

「昔、ここを全速力で走っていて父親に怒られたことがある」

突然、じっちゃんが口を開いた。埃一つ落ちていない廊下を歩きながら、僕はそれがとても意外に思えた。

「じっちゃんは昔から落ち着いていて、クールな人だと思っていた」

今の彼からは、全力疾走している姿なんて想像出来ない。

じっちゃんは僕の言葉に小さく笑う。

「わしの家庭教師は、手に負えん、と嘆いていたぞ」

「え、何したの……」

「家庭教師が書いた本を丸暗記して、その内容を本人の前でからかいながら話したり、彼の授業を聞いている時のテストの点数は悪くし、寝ている時のテストで満点とったり」

「嘘でしょ」

意外だった。じっちゃんは真面目な優等生タイプだと思っていた。

「悪ガキというよりクソガキじゃ」

じっちゃんは今までに見たことのない表情をした。無邪気な少年の笑顔だ。

「その頃のじっちゃんに会ってみたかったな」

「わしも老けたな」

じっちゃんがそう言ったのと同時に、前回と同じ大きく立派な扉の前に着いた。

国王に謁見する場所。じっちゃんにとって数十年ぶりの再会だ。それも最悪な別れ方をした弟との。

今になって僕は少し後悔をした。もっと慎重に行動した方が良かったかもしれない。

「じっちゃん、僕はそんなに強くないけど、それでもじっちゃんを守るよ」

「……有難う」

じっちゃんはフッと柔らかく笑い、優しい目で僕を見ながら頭を撫でた。

少しゴツゴツした大きなこの手が僕は大好きだ。

「ここには伯父上と父の会話を邪魔する人間はいません」

デュークはじっちゃんを真っすぐ見ながらそう言った。

彼が敬語を使うのを初めて聞いた気がする。なんだか新鮮だ。

「我が甥っ子は隙がないな」

「貴方もでしょう」

「アリシアが幼い頃に、五大貴族の前でロアナ村の話をしたと聞くやいなや、わしに手紙を送ってきたくせにな」

……は⁉

「それは墓場まで持っていく約束でしょう」

どこか居心地悪そうにデュークは言った。

僕はまだ二人の会話に追いつけない。

「ちょ、ちょっと待って。デュークはさ、いつの間にじっちゃんと連絡取り合ってたの？」

「好奇心旺盛な彼女なら、ロアナ村の存在を知ったら、必ず行くだろうと思っていたからな」

当たり前のようにデュークは言う。

アリシアが自由に動けて、尚且つ危険が及ばないようにするために、そこまで準備していたのか。

「どうやって手紙を送ったの？　てか、二人して今の今までそれを黙ってたの？」

「特に言う必要がないと思っていたからな。それに、デュークからも内密に、と言われていた」

「村の様子は俺もずっと知りたかったけど、だからと言って俺が行けるはずもなく。そんな俺よりもアリシアの方がロアナ村に興味を持っていたからな。ロアナ村に伯父上が幽閉されているのは知っていたから、念には念をと思って伯父上に知らせたんだ。まさか本当にアリシアが村へ行っていたのは驚いた」

デュークはフッと笑みを浮かべる。アリシアのことを話しているデュークはとても甘い表情をしている。

それにしても、デュークの愛は凄いね。

「デュークから手紙が来なければ、わしはアリシアが来たあの日に外に出ることはなかっただろう」

確かに考えてみれば、アリシアは運が良すぎる。夜にじっちゃんがロアナ村と外の壁の近くにいるなんて、そうあることではない。

「どうやって手紙を読んだの？」

「言霊みたいなものだ。手紙を開いたら、少年の声が聞こえたんじゃ」

そっか、アリシアがじっちゃんの元へ行ったのは、八歳だ。ということは、デュークは十三歳。魔法を使い始める頃。それに、デュークの魔力は人並みではない。

「よくじっちゃんの元に手紙が届いたね」

「鳥に俺の血を数滴とエイベルを飲ませたからな」

……色々とぶっ飛びすぎていて言葉が出ない。

もしかしたら、この世界でまともなのは僕しかいないんじゃないか。

「さぁ、早く入ろう。父が待っている」

デュークの言葉にじっちゃんは小さく頷く。同時に、衛兵が重そうな扉を開いた。

緊張感が漂う。今回ばかりはいつもと事情が違う。気を引き締めて、僕も中に入る。

国王は小さく細かい模様が彫られた豪華な椅子に座っていた。

威厳があるように見えたが、じっちゃんを見た瞬間、表情が変わる。

それは、怒りや嫌悪といったものではなく、嬉しさと罪悪感が入り混じったものだった。

ただただ、じっちゃんに会えたことに感動しているのが分かる。

「久しぶりだな」

いつもと少し違う若々しい口ぶりでじっちゃんはそう言った。

兄弟の感動の再会とまでは言えないが、国王は紛れもなくもう一度兄に会えたことを喜んでいる。

国王に対して初めて、幼いな、と思った。兄の前では弟の顔をするんだ。

「ルーク」

落ち着いた声でじっちゃんは国王の名を呼んだ。国王はその声にハッとして、我に返る。

「兄上……、お久しぶりです」

国王が、じっちゃんに敬語を使ってる……。村に帰ったら皆に教えてあげよう。

彼の声に緊張がみなぎる。

「……その瞳は」

「アリシアのものだ」

「やはり彼女は本当に……」

国王は目を瞠る。

そりゃそうだよね。僕が言ったのと、実際に見て確認するのとでは大きく違う。

「国外追放にされてしまったようだがな」

じっちゃんは特に非難する様子も見せず、嬉しそうに言った。

アリシアや僕の前だと優しく賢いおじいさんだったが、ロアナ村のリーダーになってから威厳が増した。そして今、国王と話す彼は全く違う人に見える。

……どんどん若返っている気がする。

「彼女のことはデュークに任せています」

「大変な息子を持ったものだ」

「本当に、私の立場がないぐらいに優秀です。……兄上、私は貴方に言わなければならないことがあります」

そう言って、国王は椅子から立ち上がり、じっちゃんの方へと近寄った。

国王の動きは少し硬い。まだ緊張しているのだろう。

「謝罪しても許されることではないと分かっています。ただ、私の母の愚行をどうかお許しください。申し訳ございませんでした」

ゆっくりと丁寧にそう言って、彼は深く頭を下げる。

……謝った。国王がじっちゃんに謝った。

僕は驚きながら黙ってその様子を見ていた。暫くの間、部屋全体が静寂に包まれる。

この妙な緊迫感が鼓動を速める。

じっちゃんは何て返すんだろう。全員が彼の言葉を待っている。

「謝るも何も、そもそもお前は何も悪くないだろう」

　その言葉に国王は顔を上げた。

「私がうまく立ち回れなかったのが原因だ。自分の力を過信して油断していただけだ」

　はめられて、酷い目に遭ったのに、こんなことを言えるじっちゃんに僕は釘付けになった。

　皮肉でも何でもなく、彼は本心からそう言っている。

　僕なら絶対に無理だ。同じ目に遭ってもらうか、もっと残酷な仕返しをするか、その二択しかない。……僕の性格が悪すぎるのか。

「この世界にあれくらいのことは、ごまんとある」

　国王は何も言わない。というより、何も言えないのだろう。

　じっちゃんは話を続ける。

「今、思えば、魔法が使えなくなって良かったと思う。期待という重圧から抜け出せたからな。……その分お前に負担をかけてしまった」

「……兄上はずっと僕にとっての一番です。魔法が使えても使えなくてもずっと尊敬しています。兄上のようになろうと思ったけど、私には無理だった」

　こんな国王を見るのは後にも先にも今だけだろう。

　国王がじっちゃんに向ける真っすぐな瞳を見ると、結果はどうであれ努力してきたことが分かる。

彼が醸し出していた風格は、じっちゃんに憧れて作り上げてきたものなんだろう。

国王の母親がどんな人間であったにせよ、少なくとも彼は兄を慕っていたのだ。

この二人の再会が歴史を動かす大きな出来事なのは間違いないが、僕にとってじっちゃんはやっぱりじっちゃんだ。だからなんだか、不思議な気分だ。

「何度も、俺を救い出そうとしてくれたそうだな」

……え？　そうなの？　この間の謁見の時には、何も知らない素振りだったじゃないか。

むしろ亡き者として扱われていた。

…………デュークの手紙か。実物を見ないと本当に生きていたか分からなかったんだろうけど。本当に生きているって確信はもてなくても、可能性がある限り救い出そうと必死だったんだろう。

きっと国王がロアナ村の誰かを助けようとしているなんてことが知れ渡ったら、立場が危うくなる。国王とデュークの間だけの秘め事だったのだろう。

デューク、さすがにちょっと裏で動きすぎじゃない？

「自分の母をこんなにも憎む日が来るとは思いませんでした」

少し声を震わせて国王はそう言った。

「だから、聖女に助けてもらおうと」

確かに、聖女がいれば、この国は安泰だ。

私腹を肥やす愚王に比べれば、良い判断だ。まぁ、他人任せではあるわけだけど。

「頑張ったじゃないか」

じっちゃんは静かに国王を労った。

その確かな言葉は国王の心に響いたに違いない。国王はただ黙って、じっちゃんを見つめる。

「本当に、生きていて良かった……」

国王は噛み締めるように、小さくそう呟いた。

確かにロアナ村に流されれば、死んでいてもおかしくはない。そんな不安を抱きながら、国王はじっちゃんを探し続け、助けようとしていたんだね。

デュークも、アリシアのことがあったからとはいえ、父親の思いもわかっていたんだろう。だから、一か八かでじっちゃんに手紙を送ったんだろうな。

なんか奇跡に奇跡が重なったような話ばっかりだな。……これも全部アリシアが動かなければこうはならなかった。

「母上は元気なのか？」

じっちゃんの言葉に、国王の顔が一気に険しくなる。

「……おそらく、まだ元気だと思います」

やっぱり、じっちゃんを追い出した女はまだ生きてるんだ！

「彼女はずる賢く、ほとんど隙を見せない。何を企んでいるか分からないからな」

じっちゃんがそこまで言うのなら、余程の人物なのだろう。

「……アリシアやその少年を教育していたのは兄上ですか？」

何かに気付いたように国王は突然そう聞いた。

「ああ。でも、わしより彼らの方がずっと優秀だ」

いつものじっちゃんの声になる。僕達の話をする時の声はこんなに柔らかなんだ。

「彼らの出す雰囲気が少し貴方に似ているんです。たまに見せる目の鋭さなどが」

「光栄だな」

光栄なのは僕の方だよ。心の中でそう叫ぶ。

「兄上、デュルキス国の王になるつもりはありませんか？」

国王は真摯に尋ねた。

その言葉には、じっちゃんだけでなくデュークも驚いていた。

「……兄上は王の素質を持っている。それは小さい頃から貴方と一緒にいた私が一番よく知っている」

彼は真剣だ。その口ぶりでじっちゃんが若い頃、いかに秀でていたかがよく分かる。

「亡き父が許さないだろうよ」

じっちゃんの言葉に、国王は少し戸惑った様子を見せる。

「実は……父上から預かっていた手紙があります。……父は最期まで兄上がロアナ村に流されたことを知りませんでした。私もデュークから手紙をもらうまで知りませんでした。そして、兄上が父の暗殺計画を立てた罰として、殺されたと思い込んで……、その理由が自分のせいであったと自身を責めていました」

「そうか、真相を知らずに亡くなられて良かったのかもしれないな」

「……誤解しないでください。兄上は絶対にそんなことをする人間ではないと父上は誰よりも信じていました」

その言葉にじっちゃんが少し動揺したのが分かった。

「魔法が使えなくなり、周囲の人間の態度が一変した。父もわしに失望し、わしを見ることもなくなった」

「どうやって兄上と接すれば良いか分からなかっただけでしょう。その罪悪感から兄上と対面する回数も減り、誤解を招いた。父上もかなりダメージを受けていました」

初めて聞く事実に全員が驚きを隠せない。

前国王は女関係にだらしなく、能のない国王だという話なら聞いたことがある。それに、実際この国では禁止されている妾を囲うこともしていた。

やっぱり噂は当てにならないもんだな。

デュークもアリシアという性悪女に弄ばれているという噂が流れているぐらいだ。

「魔力を全て失っても、父は兄上に期待していた。私が妬むくらいに、心の奥底では兄上を信頼していらっしゃった」

国王はその場を少し離れ、椅子の側に置いてあった小さな木箱から手紙を取り出した。

やや茶系に変色した手紙だ。

それをじっちゃんにゆっくりと渡す。

「父の最期の言葉です」

じっちゃんが緊張した面持ちで国王から手紙を受け取る。

全く関係のない僕でも心臓の音がうるさくなるほどに緊張した。

じっちゃんは、ゆっくりと中を開いた。

『ウィル

死んだ人間に手紙を書くなんて私も頭がおかしくなってきているのかもしれない。だが、死ぬ前に、これを書いておきたかった。

お前は私を憎んでいるだろう。お前が死んだ原因は他ならぬ私だ。安心しろ、もうすぐ私もそっちへ向かう。その時は思う存分私を罵ってくれて構わない。私がろくでもない父親だったことは百も承知だ。今更何を言っても意味がないだろう。

ただ、これだけは言いたい。お前を大事に思っていた。私が生涯最も愛した女はお前の母親、正妃カレンだけだ。ルークの母親ジュリーもそのことに気付いていたから、お前を忌み嫌っていた。

不思議なことに、お前は何一つ文句を言わなかったな。私の言うことに素直に従い、この国を支えてくれた。

お前はカレンが残したたった一つの形見だ。何よりも大切だったものに失ってから気付いた。生きている間にもっと話していればと今更になって思う。

ウィル、もう一度会えるのなら、私は幼かったお前を思い切り抱き締め「愛している」と言おう』

じっちゃんは手紙をギュッと握りながら、微かに震えていた。国王はただ黙って、じっちゃんの様子を見ている。

手紙の内容は分からないが、きっと良いことが書いてあったのだろう。じっちゃんのどこか吹っきれたような表情を見ているとそう思う。

「女の嫉妬は怖いな」

じっちゃんは手紙を閉じて、小さく笑った。

手紙の感想がそれって、内容滅茶苦茶気になるじゃん！

というか、じっちゃんがそんな台詞を吐くなんて珍しい。失礼だけど、じっちゃんが女や恋愛の話をしているところをどれだけ頑張っても想像出来ない。

「不器用な父親だ」

「そうですね。だから、母もあんな風に歪んだのかもしれませんね」

小さな沈黙が生まれる。

僕に父と母の思い出はないけれど、その代わりにアリシアとの思い出がたくさんある。

この記憶だけは絶対に誰にも奪えない。どんなに歳をとっても、彼女と過ごした記憶だけは僕の中に残る。消えることのない永遠の宝物だ。

ああ、なんだか、無性に彼女に会いたくなってきた。

「兄上、もう一度聞きます。この国の王になるつもりはありませんか？」

国王の言葉にじっちゃんの葛藤が見えた。

「魔法が使えない人間が王になったという前例はない」

「前例がないのなら、じっちゃんが新たな例を生み出せばいいだけなんじゃない？」

僕はただじっちゃんにこの国の王になってほしいから思ったことを言う。

……じっちゃんが王になった瞬間、独裁者になって、この国の民を苦しめるなんてことはないだろうし。もしあったとしても、なんか闇落ちした感じがあって面白そうだけど。

ダメだ、アリシアの影響で人を悪人にして楽しむ思考回路になりつつある。

「だがな、幼い頃に彼らと約束したんだ。もしわしが国王になった時は、必ず彼らが側にいると」

「彼らって？」

「ラヴァール国に追放された三人だ。アリシアの祖父もいるぞ」

アリシアの、祖父……おじいちゃん⁉

「もしかしたら、もう死んでいるかもしれないけどな」

え、死んでいるかもしれないの？

……そりゃそっか。ラヴァール国に彼らを追い出したっきり生存確認が出来ない。そもそもこの国は外交に全く力を入れていない。

けど、この国を支えた三人なら何かしらの方法で生きていそうだけどな。

現在十六歳　ウィリアムズ家長女　アリシア

「なぁ、アルベール、どう思う？」

ケイトの突然の言葉にアルベールは顔をしかめる。

「なんのことだ？」

「あの、リア、という娘は、見込みあるか？」

他の兵士に、あの子どもが女だということを知られないように、ケイトは小声で話す。

「まだ分からない」

不愛想にアルベールは答える。マークは何も言わず、二人の会話を聞いている。

「あの子は、化けると思うがな」

ケイトは楽しげにそう呟いた。

私は目隠しがあるため視界が悪いからと、ヴィクターに手を摑まれながら湖を潜り続ける。

うわっ、臭っ！

本物の泥水じゃない。汚いのは見た目だけで、実は湖の中は無色透明なんじゃないかしら、なんて期待した私が馬鹿だったわ。

薄く灰色に汚れた水の中を、鼻から少しずつ息を吐きながら必死に進んでいく。

後ろからマリウス隊長、ジュルドの続く気配がする。

彼らは、大丈夫かしら。

他人の心配をしている余裕などないのに、彼らのことが気になりつい後ろを振り向いてしまう。

『兵士は捨て駒だ』

さっきのヴィクターの言葉が脳裏に甦る。

そう考えると、背筋に悪寒が走った。

死と隣り合わせで任務を遂行しなければならないのね。ヴィクターが仲間を犠牲にしてでも手に入れたいものがこの湖の奥にある……。何が何でも生き残ってやるわよ。

私はもう一度気を引き締めて、ひたすら湖の奥へと潜っていった。

ふと、岩に空いた穴を見つける。

大人一人分ぐらいの大きさかしら。

ちらりとヴィクターの方に目を向ける。彼も気付いたのか中に入れと指を差す。

グッと力強く岩を掴み、水圧と戦いながらも穴の中へ体を入れた。上半身まで入った瞬間、物凄い水流で勢いよく押される。

な、なに！　何が起きているの？

私は口をギュッと閉じて、指で鼻をつまむ。

もしこのまま帰れなかったら、私確実に溺死するじゃない。

「うわっ!!」

水の流れと共に大きく平べったい岩の上に放り出された。

それと同時にスッと大きく息を吸う。呼吸が出来る！

酸素を一気に吸い込み、ぜえぜえと息切れしながらも、なんとか毒を体内に入れることなくここまで来られた。私の後に、ヴィクター、マリウス隊長、ジュルドの順に岩場に放り出される。

生きてここまで来られた私に勲章を渡しなさいよ、王子。

心の中でそう呟きながら息を整える。ようやく落ち着いたところで、残りの三人に視線を向けると、彼らはもうピンピンしていた。

……なんて体してるのよ。私ももっと鍛えないと。

「根性あるじゃねえか」

マリウス隊長はそう言って私にニカッと笑い歯を見せる。

　ここから先はヴィクターが先頭を歩く。岩場から離れ、暗い洞窟の中へと足を進めた。先の見えない道に私は一瞬怯む。

　明かりもないのに、どうやって道が分かるっていうのよ。

　それでもマリウス隊長やジュルドは何も言わず、ヴィクターの後を追う。

　泥水に数日浸からせた雑巾のような異臭がするけど、これくらいなら耐えられる。正直、ロアナ村の方が酷い臭いだった。

「いてッ」

　ジュルドの声が響く。足元にある大きな石にぶつかったようだ。

　そんな彼の声を無視して、ヴィクターは壁に手を置きながら、慎重に前へと進む。

　私はウィルおじいさんに憧れて、周りの気配を感じ取る試練をしてきたからこれくらいなんてことないのだけど、慣れない人にとったら恐怖よね。

　懐中電灯……じゃなくて、蝋燭の灯もないこの闇に包まれた道をひたすら進まないといけないんだから。

「二手に分かれるぞ」

　突然のヴィクターの声で、一同は歩くのをやめる。

　目を凝らして前の様子を確認すると、道が二つに分かれていた。全員にとって未知の領域だ。

片方の道から微かに水の音が聞こえた。……滝か何かがあるのかしら。

「どっちかの道の先に何があるのか……」

「両方ともに何かあるのかもしれないけどね」

「それか、両方とも何もないかもな」

ジュルドの呟きに私とヴィクターが答える。

何もないって可能性を勝手に頭の中から除外していたわ。

ここまで来て何もなかったなんて……重刑よ。ヴィクターに逆立ちで城一周させるわよ。

「どう分けますか?」

「……俺とガキだ」

何故私!!!

「それで大丈夫ですか?」

「何か不満か?」

「いえ、ただ、チビには荷が重すぎるかと……」

「私もそう思います。新人のこいつに殿下の命を預けるのは……」

マリウス隊長とヴィクターの会話にジュルドが口を挟む。

ごもっともだわ。まだ私はどこの馬の骨とも分からない奴だもの。

彼らの提案に、ヴィクターは眉間に皺を寄せる。そして、そのまま私を睨んだ。

なんて威圧的な目……。というか、どうして私がそんな風に見られないといけないのよ！

「お前、俺を見捨てて逃げるか？」

「……はい？」

全くの想定外の質問に思わず変な声が出た。

「俺を見捨ててお前だけ逃げることがあるか？」

私を見据えながら、彼はもう一度そう言った。

見捨てるって……一番ダサいじゃない！

そりゃ、この国や王子に対して忠誠心なんてものは全くないけど、私は姑息な人間じゃないわよ。

そんなの歴代の悪女が黙っていないわよ。間違いなく私が寝ている間に歴代悪女亡霊が私を刺しに来るわ。

「僕も死にたくないから、嫌でも助けますよ」

私の言葉に三人ともよく分からないという表情を浮かべる。

「とにかく、そんな卑怯な人間になるぐらいなら王子の代わりに死んだ方がましです」

「なんだそりゃ。……というか、殿下のために命を落とすぐらいのことは心得ておけ」

あ、そうだったわ。今、私はヴィクターを守る隊の一員だもの。王子を守らないで、何を守るって話よね。

マリウス隊長の言葉にハッとする。

「まぁ、こんな奴だ。逆に信用出来るだろう」

信用出来る、私はその言葉が好きだ。自分を認めてもらえた気がする。付き合いが長くても信用出来ない人間はたくさんいるもの。それを言ったのがヴィクターというのだけが腑に落ちないけど。

「王子が命の危険に陥った時は、鼻で笑いながら助けてやりますよ」

私はキリッと真面目な表情を作りながら力強くそう言ってやった。それと同時に頭に大きな拳が降ってくる。

「イッ」

ヴィクターめ、私が女ってこと忘れてない？

「殿下、今更ですけど、おチビは目が見えないんっすよ」

マリウス隊長、……本当に今更ね。

でも、ヴィクターは私が実は見えていることは知ってるんだけどね。

「ライオンと戦ったガキだ。こいつが死ぬ方が天変地異が起こるだろうよ」

これは褒められている、のよね？

「確かに」」

　マリウス隊長とジュルドの声が重なる。

「それで、どっちの道を行くんですか？」

「どっちがいい？」

「もう水は嫌なんで、水がある方には行きたくないです」

「……水？」

　ヴィクターは私の言葉に眉をひそめる。残りの二人も首を傾げている。

「こっちの道から微かに水が流れる音が聞こえるじゃないですか」

　右の道を指差す。彼らはじっと耳を澄ますが、どうやら聞こえないようだ。

……やっぱり、私、片目をウィルおじいさんに渡した日から確実に耳が良くなっているわよね。

「聞こえないけど、お前に聞こえているならこっちの道の先には水があるのだろう」

「目が見えないと、聴覚が発達するんだな」

　マリウス隊長が感心するように私をまじまじと見た。

「じゃあ、俺達はこっちの道を行くぞ」

　ヴィクターは右の方へ足を向ける。

「え、僕、水がある方が嫌って言ったんだけど」

「だから行くんだよ」

ヴィクターってそういう人よね。忘れてたわ。

肩の力をガクンと落とし、王子の方を布ごしに軽く睨む。

「本当良い性格してるよね」

「よく言われる」

嬉しそうに彼はにやりと笑うが、私はちっとも嬉しくない。

「お前達は生きろよ」

ヴィクターは隊長達に声を掛けて、歩き始めた。私は急いで彼の後を追う。

さっきの言葉は、彼なりの部下への配慮だったのかしら。

洞窟は暗いが、ヴィクターの金髪はよく分かる。

彼が金髪で良かったわ。暗くても見つけられる。

地面が少しぬるぬるしていて、空気はじめじめしている。雨が降った後のような感じ。

だんだんと水の流れる音が近づいてくる。

ヴィクターは少し湿った壁を触りながら、歩く速度を上げた。

「お前の言う通り、この先に水場がありそうだな」

彼の声が響き渡る。

なんだかトンネルの中にいるみたいね。

「この湖の源ってどんなものなの？」

「知らねえ。……どんなものだと思う？」

質問を質問で返さないでよ。この国のことだから、王子の方が詳しいんじゃないの？

「答えられないのか？」

「既存の知識だけで予測するにも限界ってものがあると思うんだけど」

「想像しろ。そういうの得意だろ？」

「なんて無茶ぶり。……小さな宝石とか？」

「悪くないな」

なんて答えたら正解なのか分からない。

けど、こういう宝探しみたいなイベントって、たいてい魔法が使われているものよね
……あ、そういうこと⁉

だから、私と一緒に行きたいって言ったのかしら。でも、私が魔法を使えることはまだバレてないはずだし……。

いくら勘の良い王子でも私に魔力があることまでは見抜けないはず。

「お前さ、アルベールにどこか似てるよな」

え、今、何て？

ダメよ、アリシア。動揺を表に出しちゃいけないわ。

「あんなじいさんと一緒にされたくないんだけど」

「何気に失礼だな」

「同じ黒髪だからそう思っただけじゃない？」

「俺、お前の顔見てるからな」

あ、そうだったわ。私、しっかり顔バレしてるのよね。

「アルベールを知ってたか？」

黙秘。というより、変に答えたらボロが出そうで何も言えない。

きっと、私が知らないふりをしていることをヴィクターは分かっている。

私が彼と血縁関係にある人間だと思ったから、ヴィクターは私と一緒にこの道に来たのよね。私が魔法を使える可能性があったから。

「訊き方を変える。お前はあいつを見て何か思ったか？」

ヴィクターは私の方を振り向く。

おじい様達が国外追放されてきたのをヴィクターは知っている。そして、私が他国の人間であることも……。

変に嘘をついても彼には意味ないかもしれないけど、だからといって、ここで素性をばらすわけにもいかないのよね。

「何を想像しているのか知らないけど、勝手に決めつけないで。彼とは無関係よ」

「自分の立場をわきまえろよ？　誰に向かってものを言ってるんだ？」

そう言って、彼は私の胸ぐらを思い切り摑む。

強い口調。鋭い目。一気に空気が凍りつく。

ここで弱気な態度を見せちゃだめよ。私は自分を鼓舞して、余裕のある表情で少し口角を上げた。

「もし彼と血縁関係だったらどうだっていうの？　私を地下牢にでも閉じ込める？　それともてなしてくれるの？　……それが聞きたくて王子は私とペアになったわけ？」

私の反撃にヴィクターの力が少し緩んだのが分かった。

「利用出来る人間は利用したらいい。王子は私と同じ考えで安心です。だから、時が来たら、私もしっかり利用されてあげますよ」

彼はゆっくりと私から手を離す。

「……本当、お前みたいなガキは厄介だな」

彼はどこか諦めたように小さく苦笑する。

そしてそのまま前を向き、また歩き始めた。

マリウスとジュルドは世間話をしながら、奥へと進んでいく。

「ヴィクター王子、随分とあのおチビを気に入ってますよね」

ジュルドの言葉に少し間をおいて、マリウスが答える。

「もともとあいつは王に気に入られたんだ。そりゃ、王子も気に入るだろうな」

「不思議な少年っすよね。あの歳で怯えることなく、淡々と目の前のことをこなす。……一体どうやって育ったらあんな風になるんっすかね」

「俺達が想像している以上の過酷な人生だろうよ」

「贅沢な貴族様の暮らしからは程遠い生活なんでしょうね～」

「その割には、あの城の中の暮らしを感じてもそんなに驚いた様子はなかったらしいけどな」

「適応能力が高い動物みたいっすね」

そんな話をしながら、二人はある地点で足を止める。

彼らの視界に下へと続く階段が入ってきた。しかしあまりにも真っ暗で、目を凝らしてもその先に何があるかは分からない。

〈どうします？〉

「行くしかないだろ」

　ジュルドの言葉にマリウスは即答する。

　二人は覚悟を決めた表情でゆっくり下へと降りて行った。

「何だ？」

　ヴィクターが呟いたのと同時に思わず目を細める。

　急に視界が明るくなった。目が慣れるまで多少の時間を要した。

　何この光。まるで懐中電灯を向けられているような気分だわ。

「光の方に歩いていくしかないな」

　ヴィクターがそう言って、臆することなくどんどん前へと進んでいく。水の音はますます大きくなっていた。

　ここからもっと慎重になった方が良いのに……。本当に怖いもの知らずね。

　だんだん、道が狭まっていく。それに比例して光の強さも増していった。

　人一人が通れる道を何とか抜け出すと、目の前には大きな滝。勢いよく水が流れ落ちている。そこは随分開けた場所で、さっきより少し呼吸が楽になった。

たくさんの蔦や苔、小さな花までもが壁を覆っている。とても幻想的な場所で暫くの間見惚れてしまった。

美しい廃墟図鑑とかに載っていそうな場所ね。あの汚らしい湖の中にこんな素敵な場所があるだなんて、一体誰が想像出来たかしら。

「何だ、あれ？」

ヴィクターの視線の先に目を向ける。

滝の真ん中に一か所、水が流れていない場所があった。その部分だけを避けるようにして水が流れているみたいだけど。……ん？　何かがある。

必死に目を凝らしたものの、布で目を覆っているためか、やはり少しぼやけてしまう。

一つ分かったとすれば、人のような形をしているものだ。

……人形？　あんな小さな人間いるわけないし。

いきなりホラー要素を詰め込んでくるの、やめてほしいわ。せめて人間にして。……いや、でも滝の真ん中に太った中年男性が立っていても怖いわね。

「やっと見つけた」

私の隣でヴィクターは小さく呟いた。

「あれが湖の源？」

「ああ。あの妖精が湖の源だ」

確かな声で彼はそう言った。

妖精？　あれ、妖精なの？　え、この世界に妖精なんていたの？

初耳よ。あんなに本を読んでいたのに、妖精のことを知らなかったなんて恥ずかしい。

もっと勉強しなくちゃ。

何よりも、あれが人形じゃなくて良かったわ。

「で、あの妖精を獲得したら王になれるの？」

「そうだ。兄貴を超えられる」

「……第二王子のあがき？」

怒るだろうと思ってわざと嫌味を言った。

男装してから悪女らしくなかった気がするのよね。ここは一つ悪女っぽいことを言って
おかないと。

「悪いか？」

やや低めの声でヴィクターは答える。あ、やっぱり怒った。

「第一王子は優秀なの？」

「知らねえよ、あんな奴」

私の質問に鬱陶しそうに答え、彼は滝の方へと足を進めていった。

あの闘技場で一度だけ見たことがある。ヴィクターと同じ金髪で長い髪の落ち着いた様子の第一王子。

ヴィクターの態度を見る限り、相当自分の兄が嫌いみたいね。私のところ同様、兄弟でも色々あるのね。

ヴィクターが滝の下にある水のたまり場に踏み込もうとした瞬間、何かの力が働いて跳ね返った。

……何、今の。妖精の力？

「どうなってるんだよ」

彼はもう一度、勢いよく水の中に入ろうとするが、また跳ね返されてしまう。

「おい、ガキ、何とかしろ」

妖精の対応の仕方なんて知らないわよ。今日初めて存在するって知ったのよ？　この世界のファンタジーな部分は魔法だけだと思っていたんだもの。

四の五の言っても始まらない。とりあえず私も水の中に入ろうと試みた。ヴィクターがそんな私をじっと見る。

まず、なんで跳ね返されるのか考えないと。……あれ？　入れた。

私はヴィクターの方を勢いよく振り向く。彼も目を丸くして私を見ている。

「どうして!?」

「俺が知るか！」

ヴィクターが拒否(きょひ)されて、私が受け入れられたってこと？　もしかして、女性専用の滝なのかしら。

　ヴィクターが私の方を射貫(いぬ)くように見る。

「お前、相当強い魔力を持ってるだろう？」

「へ？」

「いい加減とぼけるのはやめろ。この妖精より強い魔力を持っているから、お前は簡単にこの中へ入れたんだよ」

「どうしてそんなことが分かるのよ」

「この国の言い伝えに……いや、何でもない」

　どうしてそこで止めるのよ。一番モヤモヤするやつじゃない。

「言いかけてやめるのは気持ち悪いので、最後まで言ってください」

「お前、俺が王子だってこと忘れてないか？」

「王子ならそんな中途半端(ちゅうとはんぱ)なことしないでください」

「国の機密情報を言えるわけないだろ」

「……この腐(くさ)った湖から出られない可能性よりも重要ってこと？」

「そうだ」

さっき、さらっと言いそうになったくせに。もっと気をつけた方が良いわよ。

そんなに重視されている言い伝えって、一体何なのかしら。

どうせ、今ここで彼を責めても絶対口を割らないだろうし、自分で情報を得るしかなさそうね。

「そんなことより、そのまま、お前が妖精を確保出来るんじゃねえか？」

「妖精を確保したら、私がこの国の王になれるものなの？」

私の質問にヴィクターは口を閉じる。彼は卑怯な人間じゃない。私が代わるということがどういうことか分かっているはずだ。

「利用されてあげるって言いましたけど、これは自分の力で取るべきです」

「俺がそっちに行けないのは分かってるだろ。どうしろって言うんだ」

ヴィクターは苛立った声を上げる。

短気は損気よ。もう目の前にゴールはあるのに、どうしてそんなに急くのかしら。

「だから、手伝ってあげるんですよ」

「……どういうことだ？」

ヴィクターは顔をしかめる。

「悪女は時に花を愛でるものなの」

「いきなり何の話だ？」

「誰も花を支えている茎や根は愛でないでしょ。……つまり、妖精を得た過程なんてどうだっていいのよ」

「何が言いたい？」

「輝かしい功績は王子のものってことよ」

私はそう言って、目を覆っていた布を外し、右目でしっかりとヴィクターを見据えた。

両手を小さく広げて、久しぶりに魔力を体から放出させる。感覚で自分の瞳がだんだんと輝いていくのが分かる。

この妖精さん、相当な魔力をお持ちね。

少しずつ、見えない壁のようなものにひびが入っていくのが分かる。そこから、ここに来る時に感じたあの眩しい光が放たれた。

私はグッと全身に力を入れる。その瞬間、その場全体が眩しい光で包まれた。私もヴィクターも力強く目を瞑る。

「俺達、絶対にはずれの道に来たと思わないか？」

「はい。物凄くそう思います」

マリウスの言葉にジュルドは深く頷く。

階段を降りると、壁一面に頭蓋骨が並べられていた。この湖で死んだ者の頭蓋骨だろう。それが何故かこの場所に収容されていた事実に二人は体をぶるっと震わせる。来た者に、恐怖を感じさせるためだけに作られたような場所だ。

彼らは恐怖で顔を引きつらせながらも頭蓋骨の並ぶ通路の先へと足を動かす。早くこの場から立ち去りたい気持ちが大きいのか二人の歩く速度は速まる一方だ。

「腐敗した人間じゃなくて良かったな。とんでもねえ臭いになっていただろう」

「白骨化した人間も嫌ですけどね」

「俺達、よくここまで生きてこられたな」

「本当それっす。帰ったら、お酒と女に囲まれたいっすね」

「おお、最高だな。そのためには、何としてもここから脱出しないとな」

「はい！　……殿下達の方は大丈夫なんでしょうかね」

マリウスは少し考えてから、口を開いた。

「チビがいるんだ。あいつならなんとかしそうだ」

「それもそうっすね。俺達は自分のことだけを考えましょう」

二人は同時に力強く頷き、たくさんの頭蓋骨に見守られながら真っすぐな道をひたすら進んだ。

「入れた……」

目を大きく見開きながら、ヴィクターはゆっくりと水の中に入れた自分の足を見つめる。

そりゃ、こんだけ魔力を放って壁を打ち壊したのよ。入れなかったら、ヴィクターの体の方を疑うわ。

一気に魔力を放出しすぎたせいか、少し体が重くなる。

だるいわ。このまま私は湖から出ることが出来るのかしら。ここまで来て死ぬなんて絶対に嫌よ。

「おい、ガキ」

「早く妖精を取って来て」

疲れていることを悟られたくないため、ヴィクターが何か言う前に、私は強めに彼に指示を出した。

彼は舌打ちしながらも早々に妖精のいる場所へと向かう。私は魔力が少しでも戻ってくるよう休憩しながら、ヴィクターの様子を見守った。数本の蔦を使って、何とか上に登ろうとしている。

案外身軽なのね……。というかこの蔦、どれだけ頑丈に出来ているのよ。普通成人男性の体重がかかったら、ちぎれるものじゃない？

「あと少しだ」

ヴィクターは妖精の方に手を伸ばす。

布を取ったおかげか、視界が良好だ。細かいところまでよく分かる。私はじっと妖精の表情を見つめた。

……眠っているのかしら？　それは、絵本の中に出てくるような小さな妖精の形をしていた。

透明感のある羽を持っていて、耳の先は少し尖っている。なんて可愛らしいのかしら。デュルキス国にも妖精が存在したらいいのに。

「摑めた！」

彼がそう言ったのと同時に、滝の水の流れが荒くなり、草木が朽ちていく。壁まで崩れ出した。

あら。……やっぱりそうなるわよね。大体こういうダンジョン系は宝物を得た瞬間に崩れると相場が決まっている。

「一体何が起こってるんだ？」

ヴィクターの摑んでいた蔦が茶色に変色していき、プチンッとちぎれる。大きな音を立ててヴィクターが私の前に落ちてきた。それでも彼の手にはしっかりと小さく可愛らしい妖精が握られている。

こんな掴まれ方していてよく起きないわね。……それにしても、近くで見ると妖精の美しさがよく分かる。睫毛は長いし、肌はつるつるだし。女の子の羨ましいを全て詰め込んだような容姿だわ。

「お前はなんでそんなに冷静なんだ」

あんな高さから落ちたのに、王子こそどうして無傷なのよ。

「で？　どうやって脱出するんだよ」

壁が崩れたせいか、来た道が閉ざされて戻ることは出来なくなっていた。

かなりまずい状況だわ。水の勢いは増していくし、このままいけば、溺死じゃない。

「逃げないと」

「さっきから俺はその話をしてんだけど」

ヴィクターは呆れた表情をしながら私を見る。

考えろ、私。脱出ゲームみたいなものよ。出口は必ずあるはずよ。

目に見える緑は全て茶色に変わり、美しかった場所が一瞬にして廃れる。魔法の威力を改めて感じた。

私は一呼吸置いた後に、口を開く。

「……この妖精を起こすのはダメなのかしら？」

「起こす？」

ヴィクターは眉間に皺を寄せる。

「眠っているのなら、起こしたら何か分かるかも」

「それで、事態が余計に悪化したらどうするんだよ」

「してみないと分からないじゃない。いつからそんな保守的な王子になったのよ。それとも、他に解決策があるの？」

何も言い返せないのか、ヴィクターは黙り込む。

もし状況がさらに悪くなっても、その時はその時よ。今の状況も絶体絶命だし。

「分かった。起こすぞ」

「…………どうやって？」

「知るかよ。お前が言い出したんだろ！　妖精なんて起こしたことねえよ。……はぁ。お前がいるといちいち緊張感がなくなるな」

ヴィクターはそう言ってガクッと肩を落とす。

……失礼ね。私は常に大真面目よ。

そうね……また魔力を使って起こしてみるとか。

試す価値はあるわ。もしこれが成功したら、妖精の起こし方っていう本でも書いて一儲けしましょ。

私は全神経を気持ちよさそうに眠っている妖精に集中させた。

風が上向きに流れ、周りの空気が張り詰める。水の流れがゆっくりになる。

「すげえな」

ヴィクターの呟きは私の耳には届かず、ただ妖精に「起きろ」と魔力を流し続ける。

『こんなに圧力をかけられたのは初めてよ』

高く透き通った声が脳内で響いた。それと同時に力を緩める。

ヴィクターの手の中の妖精が、小さな手で口を覆いながらあくびをした。

「「起きた」」

私とヴィクターの声が重なる。喜びに興奮する私達に妖精は少し迷惑そうな表情を浮かべる。

『あ〜！　私の作った楽園が見事に壊されていく〜！』

ヴィクターの手の上で立ち上がり、周りを見渡しながら妖精は声を上げた。

「楽園だったんだ」

「は？　何言ってんだ？　こんな楽園、誰も来やしないだろ」

「彼女にとってのよ」

顔をしかめるヴィクターに対して、私はそうたしなめて妖精の方を見た。

『やっぱり、人間は見た目で判断するでしょ。中身は宝石が詰まっているかもしれないのに、外見が汚いと中を知ろうともしない。だから、湖を泥水にして、誰にも干渉(かんしょう)されずにいられるここが私の楽園だったのに』

「私達の勝手でその楽園を潰(つぶ)してしまったことは謝るわ。ごめんなさい」

「……ガキ、お前、こいつの意味不明の言葉が分かるのか？」

ヴィクターは不思議なものでも見るような目で私を見ている。

意味不明の言葉って、彼女普通に話してるじゃない。……どういうこと？

『そりゃ、君は強力な魔力を持っているからね。私の言葉が分かっても不思議じゃないよ』

「なるほど」

「何がなるほどだ。俺にも説明しろ」

「私に魔力があるから、彼女の言葉が分かるんだって」

そんなことを話している間に、私達の体はもう半分ぐらいが水に浸かっていた。彼女が起きてから、また水の流れが増したのだ。

……本当に死亡フラグ立っているじゃない。せっかく妖精と出会えたのに、こんな所で死ぬなんて絶対に嫌よ。

「ねぇ、ここから脱出する道を教えて」

『え～、睡眠妨害されたし。どうして人間を助けないといけないの？』

妖精は面倒くさそうに私達を見る。

そりゃ、そうよね。けど、人間は自分勝手なの。無理やりにでも私達を出口まで案内させるわ。

私は再び彼女に圧力をかける。

「いいから早く教えなさい」

『分かったわよ！　分かったから、早くそれやめて！』

彼女が叫んだのと同時に、私は力を緩める。

『信じられない。聖女なら、もっと妖精に寄り添ったり、可愛がったり、懐柔策っていうものがあるでしょ』

「聖女？　私は悪女よ」

『……無自覚なんだ』

何言ってるのよ。むしろとんでもない聖女が私の国にいるのよ、と言いかけたが、やめておいた。

ここにはヴィクターもいるもの。ラヴァール国が聖女を探していたのなら、こんなことは口が裂けても言えないわ。

「そんなことより、早くここから出る方法を教えろ」

ヴィクターの声に私はハッとする。もう胸元ぐらいまで水が浸入してきている。

『もう、せっかちね』

「貴女がこの場所を作ったのなら、この水を止めることも出来るんじゃないの？」

『それは無理よ。もう完全に崩壊しちゃっているもの。修繕出来ない領域まできちゃっているわ。まさかここに辿り着いて私を起こせる人間がいるなんて思わないじゃない』

淡々とした調子で彼女は答える。

「でも、貴女ならどうにかできるんでしょ。早く教えて」

妖精は不毛な問答を続ける私をまじまじと見つめる。

『……その前に一つ確認してもいい？』

「何？」

『どうして自分で魔法を使わないの？』

彼女の質問に私はチラッとヴィクターの方を見る。それだけで妖精は察してくれたようだ。

そうなのよね……魔力があることは知られても、魔法は使えないってことにしておきたいのよ。

……多分、無理だろうけど。それでも出来るだけ、彼の前では魔法を使いたくないわ。

『まぁ、別に使いたくないなら良いわよ。……君、名前は？』

「アリシア」

『私はキイよ。よろしくね、アリシア』

自己紹介を終えると、彼女は羽を動かして、ヴィクターの手から飛んだ。

羽を自由自在に動かして飛べる妖精を少し羨ましく思う。

『潜って』

彼女はそう言って、水の中へ凄まじい勢いで入っていった。

「今度は何だ？」

「潜るわよ」

私は大きく空気を体内に吸い込み、水の中へと体を沈めた。どうなっているのか理解出来ないままヴィクターも同様に潜る。

水の中で、キイは光を放っていた。

なんて神秘的なのかしら。もし私が画家だったら、間違いなくこの絵を描くわ。

『ついてきて』

水中でもはっきりと聞こえる透明感のある彼女の声に応じて、彼女が行く方向へ体を動かす。

泳ぐってとんでもなく体力を使うのよね。この任務を終えたら、甘いマカロンをたらふく食べたいわ。この国にもマカロンあるわよね？

そんなことを考えながら、必死に体を動かし、置いていかれないようにキイについていく。

途中(とちゅう)で先ほど外した目を覆う布を服のポケットから取り出し、しっかりと握っておく。上手く上にあがれたとして、この目を出した状態で他の人達と会うわけにはいかないもの。

彼女は滝の裏側へと入り込み、私達も続く。そこには岩と岩で挟まれてはいるけれど、小さな穴があった。

多分、ここが出口なのね。……キイは入れるかもしれないけど、私達ではどう頑張(がんば)っても無理だ。

ヴィクターの方を振り向く。彼はどうしなければいけないのかを瞬時(しゅんじ)に理解し、岩の方へと近づく。

そして、思い切り周りの岩を崩し始めた。水圧がかかりながらも必死に岩を掴み、取り除いていく。

『あ、開いた!!』

ヴィクターが一つの大きな岩を崩した瞬間、一気に道が開いた。

私達は必死にそっちの方へと泳いでいく。息がもうもちそうにない。

『こっち! 早く!』

急かすようなキイの言葉に残りの体力を全て使いながら前へと進んでいく。今日だけで体重が二キロぐらい落ちた気がする。

ダイエットするなら死致林へ！　っていう広告でも出来そうだわ。

キイが上へと向かっていくのと同時に、私達も上へと向かった。

『もうすぐ』

彼女のその声と共に、私達の頭が水中から出て一気に空気を吸う。

「はぁはぁはぁ」

息を切らしながら、岩場のところまで向かった。

もう体力なんて微塵も残っていないわ。ここから地上に帰れるのかしら。

「ここ、湖に潜って最初に来た場所か」

呼吸を整えながらヴィクターは周りを見渡す。

どうしてそんなに体力あるのよ。

今の状況をそんな瞬間的に理解しないでほしいわ。自分がダメ人間に思えてくる。

『二人ともどんな心肺機能してるの。凄いね……』

キイは目を見開きながら、私達の方を見る。

そんな涼しい表情をした妖精さんに心肺機能を褒められてもねぇ……。

岩場に上がり、びっしょりと濡れた布で目を覆う。

「よく、それをまた巻こうと思えるな」

「やりたくてやっているわけじゃないわよ」

「アルベールにバレると困るもんな」

「彼には何も言わないでよ」

「いちいちそんな面倒くせえこと言わねえよ」

……意外ね。ヴィクターはこういう話を面白がると思ったのに。

もしかして、私のためかしら？　いや、彼はそんなに優しい男じゃない。

「まぁ、お前がアルベールのことを知りたい時はあの塔に行けばいつでも知れるぞ」

「塔？」

「上に行けない塔だよ。あそこ、魔法が使われているだろ？　……アルベールの憩いの場だ。俺でも行けない場所だが、お前なら行けるだろ？」

なんだかもう全てヴィクターにバレているような気がするわ。

「行かないわよ。自ら爆弾に突っ込むようなことしないわ」

「……いや、お前は行くさ」

ヴィクターの言った通りになるのは癪だ。だからと言って、おじい様を知るチャンスを逃すのも嫌だし……。

時の流れに身を任せましょ！

『誰か来るわよ』

私が勝手に自己完結している間に、さっき入った道から誰かの声が聞こえてきた。

……マリウス隊長とジュルドの声かしら。来た道を戻ってこられるなんて、羨ましい。

「ぁぁぁぁぁ」

……小さいけれど、これは叫び声だわ。

『あっちの道に行っちゃったのね』

「何それ」

『早く逃げた方が良いよ』

「何だって？」

ヴィクターがキイの言ったことを通訳してほしそうに私の方を見る。

「早く逃げろって」

「理由は」

「分からないけど、マリウス隊長とジュルドの叫び声が聞こえるってことはかなりまずいんじゃないかな」

「まずいなら、もっと焦った調子で言え！　てか、俺にはあいつらの声なんて聞こえなかったぞ」

「ぁぁぁあああ！　来るなあああ！」

なんてタイミングが良いのかしら。今度はヴィクターの耳でもはっきりと聞こえるはずよ。

「一体どうなってるんだ、この湖は……」

「魔法が使われているんだから、何が起きても不思議じゃないわよ」

「どうしてお前はそんなに落ち着いてるんだよ。ここにはまともな奴がいねえ」

失礼ね。私は十分まともよ。

「殿下～～！　早く逃げてください～～！」

そう言ってジュルドが物凄い形相で飛び出してきた。その後から、少し遅れてマリウス隊長も出てくる。

マリウス隊長、そんなガタイでよくそのスピードで走れますね。なんだかんだ言って隊長は凄いわ。

「なんだよ、あれ」

ヴィクターの視線の先に私も目を向ける。

……何よ、あれ。大量の頭蓋骨が私達の方に向かって転がってきてる!?

どうしていきなりホラーコメディー映画みたいになってるのよ。あんな大量の頭蓋骨をよくこの湖に収めていたわね。

私はキイの方に目をやる。彼女は片手を後頭部に置いて、てへっと舌を出す。

「早く逃げるぞ」

ヴィクターが私の腕を掴み、そのまま毒の湖へとダイブした。

キイは、透明感のある細い羽をシュッとコンパクトに背中に収めて、美しいフォームで泳いでいる。

ジュルドとマリウス隊長はお世辞にも綺麗とは言えない泳ぎ方で必死に手足を動かしている。あれだけ走った後に、また息を止めて泳がないといけないなんて拷問ね。泣きっ面に蜂だわ。

ヴィクターは少し顔をしかめながらもどこか余裕を見せている。

『もうちょっとよ』

さっき潜ったので随分と体力が奪われたのか、度重なる水中ダイブにいい加減私にも限界が来ている。妖精にとってのもうちょっとってどれくらいかしら。

しかもかなりの魔力を使った後だ。さすがにもう……と思ったところで、突然とんでもない衝撃が頭にくる。

な、何よ、これ。思い切り誰かに殴られているみたいだわ。

視界がぐにゃりと歪む。気持ち悪い。嘔吐しそうになるのを必死で押さえる。ガクンと急に体が重くなり、うまく泳げない。

私の様子に真っ先に気付いたのはヴィクターだった。眉間に皺を寄せクソッと言いたげな表情を浮かべる。

過ごしたのはほんの短い時間だったけれど、彼の性格を知っている。彼は、兵を容赦なく見捨てる人だ。

彼にとって、私は国王になるための駒にすぎないのだから。

ああ、もしかして、私の人生ここで終わりかしら。


………まだ悪女になっていないのに？

そんなの冗談じゃないわ！

こんな所で死ぬわけにはいかない。私は今にも気を失いそうな感覚に耐えながら目を見開く。

すると突然、ヴィクターが私の方へと近づいてきた。そのまま、グッと抱え込むように私を抱き締める。

え？　何がどうなっているの？

私を抱えながら、彼は妖精を追いかけて前へと進んでいく。

……私、悪い夢でも見ているのかしら。……そうじゃないわね。これは現実で、ヴィクターが命を懸けて私を助けてくれてるってことよね。

信じられない。そんな体力どこに残っていたのよ。

水面がもうすぐそこまで迫っているのが分かる。汚く薄暗い水中に微かな陽光が差した。

皆、最後の力を振り絞るように必死に体を動かして水面へと上っていく。

バッッッといきなり顔が水から解放され、大量の空気を体が吸い込んだ。

ニール副隊長とケレスが慌てた様子でタオルを持って駆け寄ってくる。

ヴィクターは私を抱えながら地面へと上がり乱暴に横になる。ドサッと全員が倒れ込みながら必死に息をする。

「い、生きて帰って来られ、た」

マリウス隊長がハァハァと息を切らしながら小さく呟いた。

本当になんて過酷な試練だったのかしら。私は今にも死にそうなぐらい体調不良だけど、まだ死んでいない。

「どう、して、私を助けたの？」

倒れ込んだまま息を荒くしながらも、ヴィクターの方を真っすぐ見つめながらそう聞いた。

「己の利益しか、考えない、貴方が、私を助ける理由が、分からない、わ」

脳みそが溶けてしまいそうなぐらい頭が熱い。陸に上がったは良いけど、水中と変わらないぐらい息をするのがしんどい。

そんな私を見つめながら、彼は私の額に手を置く。

「湖の毒にやられたな。大丈夫か」

「まさか……」

いつの間に湖の水を飲んでいたのかしら。自分で言うのもなんだけど、私、毒には強いと思っていたのに。

ヴィクターの手がひんやりとしていて、少し心地いい。

「さっきの質問だが……己の利益を考えた時に、お前がこれからも使えると思ったからだ」

……あら、結局計算で私を助けたのね。まぁ、その方がヴィクターらしいと言えばヴィクターらしいわね。

「……って言えたらいいんだけどな」

突然口調を変え、彼はどこか諦めたように私の隣に座った。

いつもと違う様子に皆が戸惑う。もしかして、彼も少し毒を飲んでしまって性格が変わったとか。

胸の奥底から込み上げてくる気持ち悪さに耐えきれなくなり、私はその場で嘔吐した。

何も口にしていなかったからか、出てきたのはほとんど水だ。

ヴィクターは優しく私の背中を撫でてくれる。そこから感じる手のぬくもりに、王子と

いう立場はどこも大変だなとしみじみ思った。

デューク様には自由がなく王という地位に執着（しゅうちゃく）していない。ヴィクターは部下の命を犠牲にしてでも王になりたいという野望がある。

だんだん体中が熱くなってきて、小さく呻（うめ）き声を上げた。こんな弱った姿見せたくないのに……。

皆の心配する様子が空気で感じられる。すると、おじい様が私の方へと近づいてきた。

あれ？　なんでここにおじい様がいるのかしら？　夢？

ヴィクターは私の額から手を離し、代わりにおじい様が私に触（ふ）れる。視界がぼやけていて、おじい様がどんな表情をしているのかよく分からない。

だけど、彼に触れられると、だんだんと体が楽になり、次第（しだい）に眠くなってきた。熱が下がっていくようだ。

自分が何をされているのか理解出来ない。ぼんやりとしたまま私はスッと眠りに落ちた。

「何をしたんだ？」
ヴィクターの言葉にアルベールは何も答えない。彼が人払（ひとばら）いを求めているのだとヴィク

ターは察し、マリウス達にこの場から離れるように合図をする。

　マリウスとジュルドはもう息が整っており、二人とも体を起こし、ニールと共にその場を離れる。それと同時に、マークが軽く指を鳴らし、幾何学模様の結界を張った。これから話す内容が外に漏れないようにするためだ。

「わざわざお三方がここに来たってことは、もうこいつの正体を知っているんだろ？」

　ヴィクターは黙っているアルベールに質問を重ねる。アルベールはゆっくりと口を開いた。

「本来なら、あの程度の毒はこの子の潜在魔力でも消せるのだが……。よっぽど強い魔力を使ったのだろう」

　アルベールはアリシアの髪を優しく撫でながら静かにヴィクターの方を見つめる。全て見抜いているかのような瞳だ。

　ヴィクターはその瞳に少し怯みながらも、アルベールを睨む。

「それで、大丈夫なのか？」

「この子に魔力を注いだので」

『彼女の魔力一体どうなってるの？　あんなのバケモノよ』

　さっきまで隅の方にいたキイが羽を広げて、ヴィクター達の前に現れる。

「そう言えば、お前の存在を忘れていた」

『え、酷くない？』

ヴィクターの言葉にケイトが声を上げて笑う。

「これは傑作だな。湖の源を求めに来たのに、忘れられているとは……」

そう言いつつ、アリシアの方に視線を向ける。妖精は小さくため息をついて、アルベールの顔に近づく。

『この子、一体どうなってるの？』

「わしに聞かれても分からない」

『え、だって貴方、この子の』

「この国に来る前には存在しなかった子だ」

キイの言葉を遮るようにアルベールは言葉を被せる。彼は険しい表情を浮かべた。

『なんか、人間ってややこしいわね』

「もう話は済んだか？」

この中ではヴィクターだけがキイの言っていることを理解出来ない。それに苛立っているのか、声が少し荒い。

『この王子は自分勝手ね』

「王子は強引ぐらいが丁度いい」

「一体何を話してるんだよ」

ヴィクターは顔をしかめる。そんな中、パチンと指が鳴る。マークが結界を解いたのだ。

「今日はこちらで休んでください」

マークの言葉にヴィクターは「分かった」と頷く。密談が終わったことに気付いたようでマリウス達が駆け寄ってきた。

「あの、殿下」

ヴィクターの前に立ち、少し言い辛そうに話しかけるニールに、「なんだ」とヴィクターは短く返す。

「リアって、その……女なんですか？」

ニールの困惑した声。

ヴィクターは焦ることなく、むしろ、ようやく気付いたのかという顔をする。

「ああ」

彼の返答に四人とも驚く。

「確かに、言われてみれば……。男とは思えない軽さだし。それに、柔らかかった」

先ほど、引き上げを手伝ったマリウス隊長はポツリと呟く。

「そういえばさっき、殿下に話しかける時に私って言ってたよな」

「マジっすか。本当に女だったんだ……」

ケレスとジュルドも目を丸くしたまま言葉を発する。

ヴィクターは呆れた様子で口を開く。

「なんで今まで分からなかったのか不思議だ」

「殿下、おチビが女なんて言わなかったじゃないですか」

ジュルドがヴィクターの言葉に真っ先に反応する。

「言ってねえけど、普通分かるだろ」

「色気ゼロっすよ」

「だが、いい女だ」

ジュルドの言葉にヴィクターはアリシアの寝顔を見ながらぼそっと付け足す。

幹が太い木の下でアルベールの上着をかけてもらいながら、アリシアはぐっすりと眠っていた。誰もが彼女の方を見つめる。

烏の濡れ羽色の髪はまだ少し濡れている。髪から数滴水が滴る。目は布で覆っているが、筋の通った綺麗な鼻に、薄く形の整った唇。シュッと引き締まった輪郭。

全員が彼女に対して、女の子らしさを実感し始める。

「……もしかして、惚れたんですか？」

怖いもの知らずなのか、ジュルドはいつもの調子でヴィクターにそう聞いた。その場にいる皆の気持ちを代弁したようだ。

「あ？」

ヴィクターは眉間に皺を寄せて不機嫌な表情を浮かべる。

「俺のタイプは出るとこ出てて、髪が長くて、落ち着いた大人の女だ」

「じゃ、じゃあ、なんであんな必死にこいつのこと助けたんっすか？」

「こいつはもともと親父のもんだろ。死なせるわけにはいかないんだよ」

「本当にそれだけですか？」

「しつこいな。お前達もう寝ろ」

ヴィクターはジュルドを睨む。普段余裕のある彼が、こんな風になるのは珍しい。

「分かりました」

そう言って、皆「お疲れさまでした」と頭を下げて、寝る準備を始める。

兵はいつどこでも眠れる。地面がガタガタしていても、肌寒くても、どんな体勢でも寝ることが出来るのだ。

「私達もそろそろ寝ますか」

ケイトの言葉にマークが頷く。アルベールはアリシアの側で彼女をじっと見ている。幸いなことに、兵達はアルベールがアリシアに何をしたのかよく分かっていない。

ただ特別な力で彼女の苦しみを取ってあげたぐらいにしか思っていなかった。

「ガキになんか惚れてたまるか」

独り言を呟くヴィクターにアルベールは視線を向ける。そして、そのまま空を見上げた。

「今日は月が一段と綺麗だ」

不気味な死致林から見る、真っ黒な空に多数の星と静かに輝く月。泥で汚れて、すやすやと気持ち良さそうに眠っているアリシアを、その月光が優しく包み込む。

ヴィクターはその神々しい姿に目を見開く。そして、小さな声で囁いた。

「月に選ばれし少女……」

現在二十歳　シーカー家長男　デューク

アリシアがラヴァール国に強く興味を抱いていたことは少し前から気付いていた。

俺も他国については興味があったが、立場的にどうにもならない。彼女の願いを叶えてやれるものなら全て叶えたい。

……たとえ、それで彼女と離れることになったとしても。

彼女にお飾り役は似合わない。俺の隣で綺麗に着飾って立っていることなんて、猿でも出来る。

アリシアは別格だ。自分の足で運命を切り開いている。だからこそ、彼女に惚れ込んでいる。

俺に依存してくれたらいいのに、なんて馬鹿げたことも考えてしまうが、彼女に限ってそれはないだろう。

アリシアはいつも俺が想像するよりも高く飛んでいく。

彼女には、ラヴァール国のことを、その目で見て、その耳で聴いて、その肌で感じてきてほしい。

だからこそ、国外追放という手を打つしかなかった。

一番手っ取り早い方法が冤罪。

彼女が今まで行動してきたことの中に罰せられるものなんて一つもない。どれだけ言いがかりをつけたとしても、到底国外追放なんていう大罪にするのは不可能だ。

それに、彼女のおかげでロアナ村の治安も良くなっていると聞いた。むしろ、デュルキス国は彼女を讃えなければならない。

だが、彼女の望み通りラヴァール国に行かせるためには、それと真逆のことをしなければならない。無理やり罪を着せるというのは気が引けたが、彼女はそんなことではめげないということを知っている。

むしろ、アリシアなら喜ぶかもしれない。

案の定、俺を記憶喪失にした犯人を彼女にするという強行突破の計画に、彼女は楽しそうに乗っかった。

嘘でも彼女を忘れたふりをするのは辛かった。たとえ何があっても、俺が彼女を忘れることなんて絶対にありえないのに。

この命が燃え尽きるその瞬間まで、彼女のことを想うだろう。

無茶な計画だということはしっかり認識していた。だが、勝算はあった。それは、キャザー・リズのことを盲信的に愛している人達があまりにも多いということ、それと、俺がデュルキス国の王子だということだ。

全員に正常な判断が出来ていれば、アリシアはきっと国外追放にはならなかった。俺の言い分も通らなかっただろう。

おまけに、俺が王子だということもあり、アリシアを弁護する者などいなかった。一番勇敢だったのは、ジルだけだ。

アリシアは俺同様にジルにとっても不可欠な存在だ。そんな彼女を守るのは当たり前のことなのかもしれないが、あんな敵陣の中で小さな少年一人で戦いに挑む様は誰よりも格好良かった。

あの歳で、怯まずに、あんなにしっかりと自分を持ち続けることは難しい。彼がもし貴族として生まれていたら、どうなっていたのだろうか。彼女を弁護して、国外追放を阻止したかもしれない。

アリシアは良き友人を持ったな。

俺はそんなことを思いながら、彼女をラヴァール国へと送り出した。

彼女から返されたペンダントを眺める度に、彼女の笑顔が思い浮かぶ。

アリシアのいない日々は退屈するだろうと思っていたが、彼女のいない今だからこそデュルキス国でもやることがあり、忙しい日々を送っていた。

ロアナ村の問題やキャザー・リズの問題、アリシアの聖女認定。色々なことを解決しなければならない。

……それでも、この寂しさだけは埋めることは出来なかった。

ある日、廊下でジルと歩いていると、彼の口からこんな言葉が出た。

「アリシアが戻って来なかったら、僕はラヴァール国に行くからね」

今までそんなことは少しも考えなかった。アリシアが帰ってこないということも、そして、ジルが自分の元から離れていくことも。

ジルなら、彼女を取り返しに行こう、と言うと思っていた。

俺が暫く黙ったままでいると、彼は大人びた笑顔を浮かべる。

「アリシアのいない人生になるくらいなら、死んだ方がましだもん」

「それは同感だな」

「だから、アリシアが自分の意志でラヴァール国を選んだなら、僕はそれについていくよ」

「アリシアが他の男に奪われたら？」

俺はあえて前にジルにされたのと同じ質問をしてみる。

信じたくないが、彼女は人を魅了する。これは、キャザー・リズとは全く異なる魅了の仕方だ。俺には分かる。

ウィリアムズ・アリシアの魅了は『本物』だということを。

自分の目の届かない所へと旅立たせることの一番の恐怖はこれだった。どこでどんな人物に気に入られてしまうのか、全く想像できない。

彼女がいくら強いといえども、好きな女が他の男に捕まっているなんて想像しただけで気分が悪い。

「安心してよ。僕はデュークしか認めてないんだから」

ジルはニヤッと口角を上げる。

「ありがとう」

「……あ、でもアリシアがこの人しかいない！　っていう人を見つけちゃったら、その時はしょうがないかもね」

「ジルはどっちの味方なんだ」

「勿論、アリシア」

ジルはさっきと違って、意地悪そうに笑う。

「まぁ、その時はまたアリシアに惚れてもらう」

「凄いね、その自信。デュークにそんなに想ってもらえるなんてアリシアも幸せ者だね」

「アリシアが俺のことを想ってくれるなんて一番の贅沢だろ」

「わ～、惚気？　僕だって、種類は違えど彼女に愛されているんだからね」

少しむきになってジルが頬を膨らます。

アリシアが国外追放された後、彼が闇に堕ちなくて良かったと思う。アリシアを失ったジルは自暴自棄になってしまうのかと思ったが、そんなことは全くなかった。

彼はしっかりとアリシアの信念を継いで、ずっとこの国に貢献しようとしてくれている。

俺よりも随分と年下なのに、とても頼もしい。

「俺とジルが同い年だったら、ライバルになっていたのかもな」

「……いや、デュークとライバルとか絶対勝ち目ないじゃん。そんな勝ち目のない恋愛なんてしたくないよ」

「勝ち目がなくてもしてしまうのが恋愛だけどな」

「うわ、大人みたいなこと言ってる」

「大人だからな」

俺はそう言って、ジルに微笑んだ。

「主〜、何ペンダント見ながらしょげてるんですか〜〜」
突然の言葉に本来ならびっくりするところなのだろうが、この展開に慣れたくないのに、慣れてしまった自分がいる。

部屋の窓の外からメルが顔をべちょっと押しつけながら俺の方を見ている。

俺は小さくため息をついて、窓を開ける。

「何度も言ってるだろ。木を登って俺の部屋に来るなって。危ないから早く入れ」

「だって、こっちの方が早いんだも～ん」

頬を少し膨らませて彼女は身軽な動きで部屋の中に入ってくる。

メルは従者としては非の打ち所がないぐらい優秀なのだが、人として欠けている部分が少しある。

好き嫌いがはっきりしすぎているとでもいうか。……俺から見れば、ジルとはかなり気が合うように思える。

「そんなにアリアリが恋しい？」

「当たり前だろ」

「私も！　アリアリに会いたいよ～。デュークが外に出しちゃうから～」

メルは泣いたふりをする。

「閉じ込めておけない器だろ」

「確かに！　それもそうだよね！」

一瞬にして、明るい笑顔になる。メルは表情がコロコロと変わるが、肝心な時には一切感情を表に出さない。

自分勝手なように見えて、ちゃんと周りを見ているのがメルだ。

「天使のようなリズちゃんを崇め奉ってるあの学園って見てるだけで反吐が出るよね～」

またメルの独り言が始まった。いつも、俺の部屋にやって来ては、アリシアを褒めるか、リズの気持ち悪さを語っているかのどちらかだ。

「リズのあの薄っぺらい笑顔！　絶対好きになれない！　アリアリの悪そうな笑顔が見たいのに。……誰にでも悪に憧れる時期ってあるもんね～。けど、アリアリの場合、何か違うよね」

「彼女には、悪に憧れる時期という言葉で片付けられないくらい信念がある」

「そう、それ！」

彼女は嬉しそうに、声を上げる。その高い声が耳の中で響く。

アリシアは悪女になろうと奮闘しているが、彼女のその努力は凄まじい。俺が想像しているよりもはるかに実力をつけた。

そこまで彼女を動かすものが何なのか本当に不思議だった。どれだけ鍛えられたとしても、あそこまで毎日努力を継続するのは難しい。

強くありたい、悪でありたい、その信念がこんなにも強いものだとは思っていなかった。

「私もアリアリみたいになりたいな～」

「俺も」

「……いや、デュークもやばいからね？　しれっとアリシア凄い～みたいな目線でいるけど、デュークはあっち側だからね⁉」

あっち側って、アリシア側ってことか？

「なに自分は凄くないみたいな雰囲気出してんのよ」

「聖女と呼ばれる人物に敵うわけ」

「デュークなら敵うでしょ！」

俺の言葉に被せるようにしてメルが叫ぶ。メルは呆れているのか、怒っているのか分からない表情を浮かべる。

「いい？　デューク、もっと自分の強さを自覚して」

「これでも自分の強さはどれくらいか理解しているつもりだ」

「なら、自分も規格外だって気付くはずでしょ！　デュークはなんならアリアリよりも強いんだからね？　……まぁ、リズは魔法が全属性だから例外ってことで」

確かに、魔法のレベルだけで言うと、俺の方が強いかもしれない。けど、彼女の行動力を考慮した場合、アリシアの方が俺より秀でている。

もし、俺が王子じゃなければ、もっと自由に出来ていたのだろうか。

……たとえ、王子じゃなくても、彼女ほどの行動力はなかったと思うが。

「そんなに恋しいなら会いに行っちゃえば？」

メルの言葉に一瞬心が揺れた。

全てを放り出して、彼女に会いたいという衝動に駆られた。今すぐにこの部屋から飛び出したかった。

彼女のあの薄桃色の頰に少しでいいから触れたいと思った。

艶のある美しい髪や煌めくガラス玉のような黄金の瞳を一目で良いから見たいと思った。

だが、もし俺が今ここで全てを捨てたらどうなる？

会いに行ったところで、アリシアに失望される。ジルからの信頼も失ってしまう。

俺はここに残ってやらなければならないことがある。

理性でこの感情を抑えなければならない。

「デュークって独占欲強いのに、忍耐強いよね。私なら絶対に無理だもん」

「……俺も自分で自分を凄いなって思ってる」

「あ、その点に関しては謙遜しないんだ」

俺の王子という立場を使えば、アリシアをずっと側に置いておくことは可能だ。けど、彼女はそれを望んでいない。

「アリアリが戻ってくるまでにこの国を最高の国にしようね」

メルは真っすぐ俺の目を見て、確かな声でそう言った。

俺は静かに頷く。

今、俺がアリシアのために出来ることは、このデュルキス国を立て直すことだ。

「おい、メル、机の上に座るな！」

「え〜〜」

「え〜〜、じゃない！　お前、本当に貴族か？」

「本当に貴族だし〜！」

メルはそう言って、ヘンリに舌を出す。

旧図書室でいつも通りジルとメル、そしてヘンリと集まっている。ヘンリとメルが言い合っていることが圧倒的に多いが、たまに、ジルとメルも言い合う。

俺はいつもその様子を見守っているだけだ。

「ヘンリ、メルに何言ってもしょうがないよ」

ジルは本を読みながら言葉を発する。

この三人の中で一番大人なのはジルかもしれない。

「確かに、それもそうだな」

ヘンリはジルの隣に腰を下ろす。それに不満を感じたのか、メルは不服そうに口を尖らせた。

「メル、悪くないし～」

「アリシアに嫌われるよ」

ジルがそう言った瞬間、彼女は素早く机から下りた。メルは棒付きキャンディーを口にくわえたまま直立している。

……彼女の名前にはこんなにも効果があるんだな。

「俺が言っても全く動かなかったのにな」

ヘンリが苦笑すると、メルが俺達の方を向いて口を開く。

「アリアリには絶対嫌われたくないもん」

「俺、一応アリと血は繋がってるんだけど」

「血の繋がりなんて薄い。私とアリアリの方が繋がり濃いんだからね」

「それなら、僕の方が強いよ」

ジルが本を置いて、口を挟む。

アリシアのことになると、皆必死になる。それだけ、彼女が愛されているという証拠だ。

皆が必死になる様子を俺は黙って見守る。

彼らと過ごす時間は、決して飽きることはない。アリシアのいなくなった寂しさがまだこれぐらいで済んでいるのはジル、メル、ヘンリのおかげだろう。

「俺なんて、アリが赤ん坊の頃から知っているんだぞ？」

「それせこい～！　私とアリアリだって、女にしか築けない絆があるんだからね」

「僕とアリシアの時間が一番濃いよ」

「いや、一緒に育った俺の方がやっぱり繋がりは強い」

「僕は、アリシアに育てられたみたいなもんだよ？」

「俺はアリシアを育てた側だ！」

「も～！　ずるい！　みんなずるい！　メルもアリアリに育てられたい！　育てたい！」

メルは頬を膨らませて、机の上に立った。

さっきジルに言われたことを、もう忘れているのか。

「デュークからも何か言ってあげて！」

メルが俺に向かって大きな声で言う。一気に視線が俺の方に集まった。

「俺は、アリシアとキスしたな」

にやりと笑みを浮かべて答えた。

途端に空気が固まる。全員フリーズ状態だ。メルは口を大きく開けたまま固まっている。

そんなにショックだったのか、俺とアリシアがキスしたこと。

「な、な、な〜⁉」

メルは言葉にならないのか、意味不明の声を上げる。

「まじ？　嘘だろ……。俺の許可なしに〜！　くそ〜！」

「まぁ、何となく分かってたけど、そんなドヤ顔されたらムカつくよね」

ジルは呆れた様子で俺の方を見る。

誰よりもアリシアとの繋がりが強いんだと優越感を得たいのは、どうやら俺なのかもしれない。

Fin.

あとがき

こんにちは！　大木戸いずみです。

最後まで読んでいただき有難うございます。

三巻が発売されることになり、とっても幸せです！


ついにアリシア、念願だった国外追放されてしまいましたね！

デュークやジルと離れちゃうのは寂しいですが、アリシアならどこでも上手くやっていけそうです（笑）

どんどんアリシアの魅力の虜になっていく人たちが増えていってほしいです。

国外追放されて、アリシアはハッピーですが、デュークの気持ちは結構複雑だと思います。

大好きなアリシアに会えなくなるのは寂しいですもんね〜。ずっと一緒にいたいのに、自ら手放すなんて……。それも愛ですね！

そして、ヴィクターというなかなかキャラの濃い王子様も現れました！

ヴィクターみたいな性格の王子も良いですよね。アリシアと気が合いそうです。デュークが嫉妬しちゃいそう……。

アリシアはどこに行ってもモテモテで羨ましい！

私は褐色肌がとても好みなので、デューク推しです。

皆様は、男性でどのキャラクターが好みですか？

カーティスとフィンとジルは人気がありそうだな～っと勝手に思っています。

アリシアちゃんにはこれからもアリシアちゃんらしく色んな人を巻き込んで成長していってほしいですね。


いつも素晴らしいアドバイスをくださる担当様、そして最高に魅力的な絵を描いて下さった早瀬ジュン様、本当に有難うございました。

「歴史に残る悪女になるぞ」のコミックの方も保志あかり様がとっても素敵にアリシアをいい女に描いて下さっています。

有難うございます！

では、またいつか～！

大木戸いずみ

■ご意見、ご感想をお寄せください。
《ファンレターの宛先》
〒102-8177 東京都千代田区富士見 2-13-3
株式会社KADOKAWA ビーズログ文庫編集部
大木戸いずみ 先生・早瀬ジュン 先生

●お問い合わせ
https://www.kadokawa.co.jp/ (「お問い合わせ」へお進みください)
※内容によっては、お答えできない場合があります。
※サポートは日本国内のみとさせていただきます。
※Japanese text only

歴史に残る悪女になるぞ 3

悪役令嬢になるほど王子の溺愛は加速するようです！

大木戸いずみ

2021年9月15日 初版発行
2024年8月30日 9版発行

発行者　山下直久
発行　株式会社 KADOKAWA
〒102-8177 東京都千代田区富士見 2-13-3
(ナビダイヤル) 0570-002-301

デザイン　島田絵里子
印刷所　株式会社KADOKAWA
製本所　株式会社KADOKAWA

ISBN978-4-04-736754-8 C0193

定価はカバーに表示してあります。
◆◇◇

歴史に残る悪女になるぞ
悪役令嬢になるほど王子の溺愛は加速するようです！
保志あかり
原作◆大木戸いずみ
キャラクター原案◆早瀬ジュン
目指すのは
歴史に残る

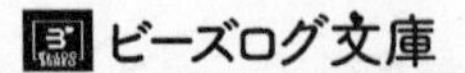
ビーズログ文庫

身代わり婚約者なのに、
銀狼陛下が
どうしても離してくれません！
獰猛なはずの銀狼陛下が、
わんこのように懐いてきます!?

くりたかのこ

イラスト／くまの柚子(ゆずこ)

試し読みはここをチェック★

国王の婚約者である妹が失踪し、身代わりとして王宮へ上がることになった伯爵令嬢アイリ。暴君と噂される彼と一夜を共にすることになり絶体絶命！　だがアイリを見た瞬間、「もっと撫でてほしい」と懐いてきて!?